U0330194

『朦胧诗』的诗艺探索

余阳 / 著

中山大学
SUN YAT-SEN UNIVERSITY

中山大学
出版社
SUN YAT-SEN UNIVERSITY PRESS

· 广州 ·

图书在版编目（CIP）数据

"朦胧诗"的诗艺探索/余阳著 .—广州：中山大学出版社，2023. 12

ISBN 978 - 7 - 306 - 07979 - 4

Ⅰ. ①朦…　Ⅱ. ①余…　Ⅲ. ①朦胧诗—诗歌研究—中国—当代　Ⅳ. ①I207. 22

中国国家版本馆 CIP 数据核字（2024）第 004980 号

"MENGLONG SHI" DE SHIYI TANSUO

出　版　人：王天琪
策划编辑：嵇春霞　孔颖琪
责任编辑：孔颖琪
封面设计：易　北　曾　婷
责任校对：魏　维
责任技编：靳晓虹
出版发行：中山大学出版社
电　　话：编辑部 020 - 84110283，84113349，84111997，84110779
　　　　　发行部 020 - 84111998，84111981，84111160
地　　址：广州市新港西路 135 号
邮　　编：510275　传　真：020 - 84036565
网　　址：http：//www. zsup. com. cn　E-mail：zdcbs@ mail. sysu. edu. cn
印　刷　者：佛山市浩文彩色印刷有限公司
规　　格：787mm×1092mm　1/16　11.25 印张　167 千字
版次印次：2023 年 12 月第 1 版　2023 年 12 月第 1 次印刷
定　　价：48.00 元

目　　录

绪　论

"朦胧诗"的缘起与论争

本书所论及的"朦胧诗",主要指的是由成长于"文革"期间的一代"青年诗人",在20世纪70年代初①至80年代中后期所创作的,"与传统诗在题材、内容、表现手法上都形成对照"②的诗歌作品。这群"青年诗人",既包括20世纪60年代末、70年代初,在不断涌现且彼此间相互联系的各种"知识青年"小圈子中——如各种北京地下诗歌沙龙、"白洋淀诗群"等——开始诗歌创作的北岛、芒克、多多、根子、方含、食指、严力、依群等,也包括1978年在北岛、芒克等创办《今天》文学杂志后,从其他不同"圈子"或个人独立的诗歌创作状态中走出,逐渐集结于民刊《今天》周围的舒婷、江河、顾城、杨炼、田晓青等,同时,还包括在1979年集结于"青春诗会"的梁小斌、王小妮等,以及在十一届三中全会后,到北京贴出诗报《启蒙·火神交响诗》的来自"贵州诗人群"的黄翔等诗人。虽然他们的具体生活境遇各有差异,但他们都在特殊的政治环境中度过了自己的青年时代,见证了时代的动荡与变革,在特殊的时代背景下,共同经历了精神的压抑,以及压抑下的暗流涌动。而在这些风格各异的诗人创作中,即使是同一位诗人创作的诗作,也很可能呈现出多种不同风格,因此,虽然本书将这些诗人都纳入"朦胧诗人"的范畴,但并非将其所有诗作都纳入"朦胧诗"范畴之中,而是选取其中具有"朦胧诗"特质的作品展开论述。

第一节 "朦胧诗"的产生及兴盛

需要指出的是,本书所指的"朦胧诗"范畴,主要来自诗歌活动亲历者的回忆,及在20世纪90年代"发掘热"中对部分被忽视

---

① 小部分20世纪60年代末的诗歌作品也包括在内。

② 阎月君、高岩、梁云、顾芳选编:《朦胧诗选》,1982年印行。引自书中"情况简介"部分。

诗人的再挖掘，"朦胧诗"真正呈现在大众视野中，还是在"文革"之后。另外，关于"朦胧诗"这一提法，其实也存在着一些争议。正如我们所知，"朦胧诗"的"朦胧"一词，最初来自章明一篇题为《令人气闷的"朦胧"》的用以批评"读不懂"的诗的文章，起初是带有贬义色彩的，而经过 20 世纪 80 年代初开始的长达 10 年的"朦胧诗论争"，及《朦胧诗选》的大量发行后，"朦胧诗"逐渐成为一种代称，不再指涉褒贬。之后有许多学者提出，"朦胧诗"这一概念太过含糊，将其称作"今天派"诗歌，或者将其纳入"新诗潮"的概念之中，或许更为准确。包括一些最具代表性的"朦胧诗人"，也对"朦胧"这一称谓有所拒绝，如顾城在访谈中曾提到，"朦胧"这一说法本身就很朦胧，"从根本上说，它不是朦胧，而是一种审美意识的苏醒，一些领域正在逐渐清晰起来"①。但笔者以为，在某些层面上，"朦胧诗"这一指称还是有其价值的。一方面，这一称谓囊括了由"朦胧诗"所引起的文学界的激烈讨论与读者的热烈反响，因而在指涉诗歌文本的同时，也指向其所引起的诗歌现象；另一方面，正如刘禾在《持灯的使者》序言中所指出的那样，这一称谓"也无意中点明了'今天'诗派和小说家的重要贡献"，即"拒绝所谓的透明度"，"拒绝与单一的符号系统或主导意识形态合作，拒绝被征用和被操纵，它的符号作用其实超过了一般意义上的反叛"，"《今天》在当年与主流意识形态之间形成的紧张，根本上在于它语言上的'异质性'，这种'异质性'成全了《今天》群体的冲击力"②。另外，关于"朦胧"这一概念，除了起初所指的"难懂"之外，也反映出诗歌文本内部的"不谐和性"，以及建立于这种"不谐和性"之上的一体性。对于这一点，笔者将在后文中进行进一步的挖掘与阐释。

而《今天》与"朦胧诗"在其兴盛期，即 20 世纪 70 年代末至

---

① 顾城：《"朦胧诗"问答》，选自廖亦武主编《沉沦的圣殿——中国 20 世纪 70 年代地下诗歌遗照》，新疆青少年出版社 1999 年版，第 481 页。

② 刘禾编：《持灯的使者》，广西师范大学出版社 2009 年版，第 Ⅵ 页。

80 年代中后期，所产生的社会影响，可见诸许多时代亲历者的回忆。

如李泽厚曾谈到，当时读到油印的《今天》时，他"很感动"，"因为其中有着强烈的自我意识"，"七十年代末、八十年代初，在西方十八、十九世纪的启蒙主义思潮著作开始大规模的译介进入中国，文化艺术思潮也进入一个以反叛和个性解放为主题的创作高潮"，"朦胧诗是代表"①。作为《今天》同人的徐晓在回忆文章中写道，在当时作为《今天》编辑部所在地的北京东城区东四 14 条 76 号，"人来人往，川流不息，很多素不相识的人来这里义务劳动，不记得是哪期，我把散页拿到家住七十六号附近的一个大学同学家里装订，他们工作到深夜，然后又从自己的腰包里掏出本来少得可怜的助学金订阅杂志。还有很多文学青年来这里朝圣，一个外地青年写来一封像散文诗似的信：'沐着五月的阳光，迎着炽热的风，我踏上了北京的街道。今天我来，只是为了《今天》。活动一下搭车时坐麻的双脚，沿着长街向公共汽车站走去。不是去会情人，也不是去王府井采购新鲜的商品，可是心却为等待将临的那一刻而紧张地跳动……'"②。徐敬亚在《中国第一根火柴——纪念民间刊物〈今天〉杂志创刊三十年》一文中也提到，"他们不经意编排出来的一行行汉字，在三十年前中国大学校园里受到了狂热的追捧——我只能提供个人窄小的视角，我经历了《今天》杂志在吉林大学烈火一样传播的全过程"③。而柏桦在《始于1979——比冰和铁更刺人心肠的欢乐》一文中亦指出，"仿佛一夜之间，《今天》或北岛的声音就传遍了所有中国的高校，从成都、重庆、广州中山大学等许多朋友处，我频频读到北岛等人的诗歌"，"这种闪电般的文化资本传播速度哪怕是在今天，在讲究高效率的出版发行机制的情况下都是绝对不可思议的天方夜谭"，"这或许应归功于那个时代特有的'现代'传播形式及传统：走

① 马国川：《我与八十年代》，生活·读书·新知三联书店 2011 年版，第 52 页。
② 徐晓：《今天与我》，选自刘禾编《持灯的使者》，广西师范大学出版社 2009 年版，第 50 – 51 页。
③ 徐敬亚：《中国第一根火柴——纪念民间刊物〈今天〉杂志创刊三十年》，选自林建法主编《诗人讲坛》，辽宁人民出版社 2014 年版，第 205 页。

动——串联——交流,尤其是那个时代老式但快速的政治列车,它几乎是以某种超现实的魔法把一张写在纸上的诗旦夕之间传遍全中国"①。

在《今天》之后,"朦胧诗"的影响更甚。刘春在《一个人的诗歌史》一书中,对诗人受欢迎的盛况有所描述。这种情况尤其表现在 1986 年底由《星星》诗刊在成都举办的"中国·星星诗歌节"上,当时两千张门票被一抢而空,开幕当天,主办方还专门安排了工人纠察队来维持秩序。诗人演讲时,不时被台下"诗人万岁"的呼喊声打断,演讲结束后,需要警察或纠察队的保护才能顺利离开。有一次,舒婷甚至要由几个警察架着,另外几个警察在前边开路,才得以"硬闯"出会场。后来还有一些没弄到票的读者爬窗进入场内,致使会场秩序大乱,大量听众冲上舞台,要求诗人签名,有的人还把钢笔直接戳在诗人身上,诗人们只好逃进更衣室,把灯关掉,小偷般缩在桌子底下。当时,对于诗人们的动向,成都 3 家电视台每天在新闻联播前先报告 15 分钟,举办的讲座的票由 2 块钱一张炒到 20 块钱一张,是当年人们 40 元工资的一半。北京大学教授洪子诚到广西师范大学讲学时也谈到了这次活动的盛况:当主办方为"十佳青年诗人"颁奖时,获奖诗人叶文福被冲上台来的"粉丝"们抬着一个劲地往天上抛,另一些人围着顾城,如众星拱月,顾城躺在地上高呼"反对个人崇拜"。有一个为了诗歌而辞掉工作的大连青年,在那几天里一直跟着诗人们,要向诗人们倾诉内心的痛苦。在被诗人们拒绝之后,这个小伙子二话没说,掏出一把匕首戳进自己的手背,说:"我要用我的血,让你们看到我对你们、对诗的热爱!"然而,值得一提的是,就在同年 10 月,在徐敬亚等人操持的"现代诗群体大展"上,近百个"流派"迅速聚集起来,喊出了"Pass 北岛""打倒舒婷"的口号,在当时中国所有的报纸都只有 4 个版的情况下,《深圳青年报》和安徽《诗歌报》连续 3 期破天荒地拿出了 7 个大版

---

① 柏桦:《始于 1979——比冰和铁更刺人心肠的欢乐》,选自北岛、李陀主编《七十年代》,生活·读书·新知三联书店 2009 年版,第 535 - 536 页。

面来刊登他们的作品，轰动全国。从这次大展开始，"第三代诗人"取代"朦胧诗人"走上了前台，虽然顾城等人也以"朦胧诗人"的名义参加了"86大展"，但读者的目光已经更多地停留在那些更新锐而有破坏力的诗人身上了。① 因此，在某种程度上，1986年也可以被视为"朦胧诗"发展的巅峰，及其由盛转衰的转折点。

虽然时至今日，"朦胧诗"在当年受到热烈追捧的盛况或许已不可能重现，但由盛转衰并不意味着它的彻底衰亡。"朦胧诗"掀起的浪潮虽已成为历史，但"朦胧诗"并没有被忘却，其中许多经典的诗句，如顾城的"黑夜给了我黑色的眼睛，我却用它来寻找光明"，北岛的"卑鄙是卑鄙者的通行证，高尚是高尚者的墓志铭"，舒婷的"我如果爱你——，绝不像攀援的凌霄花，借你的高枝炫耀自己"，甚至被纳入基础教育之中，依然为处于各种年龄阶段的人们所熟知。因此，在今天，深入到当时的历史语境与"朦胧诗"诗歌文本之中，探索"朦胧诗"的诗歌内涵及其独特价值，或许仍不失其必要性。

第二节 "朦胧诗"的论争与研究

关于"朦胧诗"的相关讨论与研究，大致包括了从1979年开始，维持了10年之久的"朦胧诗论争"中正反两方的各种激烈讨论，和当"朦胧诗"进入文学史后，文学史对其作出的定位，以及将"朦胧诗"现象作为重要的文学现象，对其进行的各种学术评论、研究与再阐释。

---

① 刘春：《一个人的诗歌史（第一部修订本）》，广西师范大学出版社2010年版，第14 – 17页。

一、"朦胧诗论争"

"朦胧诗论争"是以 1979 年 10 月公刘在《星星》创刊号发表对顾城作品的评论文章《新的课题》为开端，在文人、学者间展开的长达 10 年的激烈讨论。这场轰轰烈烈的讨论中，在批评的声音给"朦胧诗人"们带来了巨大压力的同时，以"三个崛起"① 为代表的许多文章，也给"朦胧诗"提供了诸多支持，使得"朦胧诗"这一概念在人们的视野中逐渐清晰。

在这场论争中，支持者与反对者主要就以下几个主题展开讨论。

第一，"朦胧诗"是否让人看不懂，以及这种"朦胧"是否有价值。反对"朦胧诗"的一方认为，这些诗之所以"朦胧"，是因为作者本身思想混乱，因为"作者本来就没有想得清楚"②，"是'信念危机'在诗歌上的反映"③。年轻的诗人们"没有经过残酷的革命斗争的锻炼，一遇到……难堪的现实"，便"怀疑了"，"迷惑了"，"甚至是悲观失望了"，因为"他们看不清前途究竟应该怎样"，因此写出了"朦胧诗"④。诗歌"太朦胧"，"就难懂"，"就体现不了诗歌的作用"⑤，不能发挥文艺为社会主义现代化建设服务的作用。有批评甚至激烈地指出，在这些让人看不懂的诗中，"个别的是别有用意，借朦胧，隐晦了自己的政治情绪，发泄不满和敌意"⑥。支持者则辩驳道，"朦胧"的问题其实出在欣赏方面，是由于这些诗打破了

---

① 指的是谢冕的《在新的崛起面前》、孙绍振的《新的美学原则在崛起》、徐敬亚的《崛起的诗群——评我国诗歌的现代倾向》这三篇文章。

② 章明：《令人气闷的"朦胧"》，载《诗刊》1980 年第 8 期，第 54 页。

③ 丁力：《新诗的发展和古怪诗》，选自姚家华编《朦胧诗论争集》，学苑出版社1989 年版，第 101 页。

④ 方冰：《我对于"朦胧诗"的看法》，选自姚家华编《朦胧诗论争集》，学苑出版社 1989 年版，第 72 页。

⑤ 丁力：《新诗的发展和古怪诗》，选自姚家华编《朦胧诗论争集》，学苑出版社1989 年版，第 98 页。

⑥ 柯岩：《关于诗的对话——在西南师范学院的讲话》，载《诗刊》1983 年第 12 期，第 52 页。

旧有的艺术习惯,一部分批评者"已经形成固定的欣赏习惯","对诗歌的艺术规范有一套自己既定的观点",因此,对诗歌作品的评价"会自觉不自觉地带有自己的艺术偏见"①,将与自己既定观念不合的艺术风格称之为"难懂"。同时,诗歌作为一种特殊文体,本身决定了"它的'不好懂'远较其它文体为甚",不能因为无法对其作出统一的解释,就批评它让人"看不懂"②。

　　第二,"朦胧诗"所表现的,是一种什么样的"自我"。批评者认为,其所表现的"自我","是脱离集体的、脱离社会的、无限膨胀的自我表现"③,"每个人陶醉于自我欣赏","把'我'扩大到了遮掩整个世界"④。这种对"自我"的夸大,也意味着"自己希望从'普通人'中脱离出来成为'超人'",会使个体"堕入资产阶级极端个人主义的泥坑"⑤。同时,在其强调"人的尊严"时,不应否认劳动与奉献的价值⑥。支持的一方则指出,"思考"是"这一新时期文学的特征"⑦,其"自我表现"的价值,在于用"自己的心灵去反映了那特殊的历史环境的某些显著的特点","揭示了一代青年从沉迷到觉醒的艰难的曲折"⑧。诗中所表现的"自我"并不独立于时代,只是将"表现的核心从描写无数英雄创造的历史,转向描写创造历

① 李黎:《"朦胧诗"与"一代人"——兼与艾青同志商榷》,选自姚家华编《朦胧诗论争集》,学苑出版社 1989 年版,第 175 页。

② 钟文:《三年来新诗论争的省思——兼论辩〈价值·变革·表现手法〉一文》,选自姚家华编《朦胧诗论争集》,学苑出版社 1989 年版,第 202 页。

③ 方冰:《我对于"朦胧诗"的看法》,选自姚家华编《朦胧诗论争集》,学苑出版社 1989 年版,第 73 页。

④ 艾青:《从"朦胧诗"谈起》,选自姚家华编《朦胧诗论争集》,学苑出版社 1989 年版,第 161 页。

⑤ 朱先树:《实事求是地评价青年诗人的创作》,选自姚家华编《朦胧诗论争集》,学苑出版社 1989 年版,第 181 页。

⑥ 周良沛:《殊途同归——读舒婷几首诗有感》,选自姚家华编《朦胧诗论争集》,学苑出版社 1989 年版,第 301 页。

⑦ 刘登翰:《一股不可遏制的新诗潮——从舒婷的创作和争论谈起》,选自姚家华编《朦胧诗论争集》,学苑出版社 1989 年版,第 61 页。

⑧ 孙绍振:《恢复新诗根本的艺术传统——舒婷的创作给我们的启示》,载《福建文艺》1980 年第 4 期,第 58 - 72 页。

史的无数英雄——普通的人”，将诗歌中“人”的形象转换为“充分意识到只有自己才能救自己的历史主人的形象”①。一方面，他们“要弥补与恢复人与人间的正常关系，召唤人的价值的复归”，“力图恢复自我在诗中的地位”；另一方面，他们“并没有忘却时代和人民”，而是带着一种历史的使命感，希望接过“重担”，“渴望着超越自己的长辈”②，表现出“‘一代人正在走过’的历史进程感”③。也正是这种对“自我”内心世界的真实表达，使诗歌得以“告别虚伪”④，表现出“真实”这一新时期诗歌的主要特征⑤。

第三，“朦胧诗”与西方现代派诗歌的对比，以及“朦胧诗”创作是否是一种全新的探索。支持者提出，这批诗人是“新的探索者”，他们“在更广泛的道路上探索——特别是寻求诗适应社会主义现代化生活的适当方式”⑥，“朦胧诗”的出现，代表着一种“新的美学原则在崛起”，“他们一方面看到传统的美学境界的一些缺陷，一方面在寻找新的美学天地。在这个新的天地里衡量重大意义的标准就是在社会中提高社会地位的人的心灵是否觉醒，精神生活是否丰富”⑦。这些诗歌不是在模仿西方现代派，而是“真正在走自己的路”⑧。相比于西方现代派“对现实——从人的自身到整个社会”的“全面否定的态度”，“朦胧诗人”们更多是“从肯定创造历史的人的本质出发”，是“为了更深刻、更积极地表现人和触及现实”⑨。反对

---

① 刘登翰：《一股不可遏制的新诗潮——从舒婷的创作和争论谈起》，选自姚家华编《朦胧诗论争集》，学苑出版社 1989 年版，第 56、58 页。

② 谢冕：《失去了平静以后》，载《诗刊》1980 年第 12 期，第 10 页。

③ 徐敬亚：《崛起的诗群——评我国诗歌的现代倾向》，载《当代文艺思潮》1983 年第 1 期，第 17 页。

④ 谢冕：《失去了平静以后》，载《诗刊》1980 年第 12 期，第 10 页。

⑤ 顾城：《“朦胧诗”问答》，选自姚家华编《朦胧诗论争集》，学苑出版社 1989 年第 1 版，第 316 页。

⑥ 谢冕：《在新的崛起面前》，载《光明日报》1980 年 5 月 7 日第 4 版。

⑦ 孙绍振：《新的美学原则在崛起》，载《诗刊》1981 年第 3 期，第 57 页。

⑧ 顾工：《两代人——从诗的“不懂”谈起》，载《诗刊》1980 年第 10 期，第 51 页。

⑨ 刘登翰：《一股不可遏制的新诗潮——从舒婷的创作和争论谈起》，选自姚家华编《朦胧诗论争集》，学苑出版社 1989 年版，第 67 页。

者则认为，"朦胧诗"实际上是"拾人牙慧"，错误地把在西方已经不新的东西当作新事物来模仿①，所谓"新的美学原则"，不过是步了西方现代主义文艺的脚迹②。把西方现代主义的美学原则这种"曾经时兴而后来冷落的东西"说成是"最新颖、最先进的"，是"不符合历史实际"的③。把"现代派"与"现代"相等同，是"不严肃地偷换概念"④。

第四，"朦胧诗"是对传统的背弃还是接续，以及这一类诗歌是否具有中国特色。支持的观点认为，"朦胧诗"是对"五四"时期诗歌传统的接续，其探索气氛"与'五四'当年的气氛酷似"⑤，"带着明显的修复新诗传统的性质"⑥，其所代表的将"五四"新诗传统与现代表现手法融为一体的诗歌，将成为"中国新诗的未来主流"⑦。而反对的观点指出，部分青年人"由于特殊的政治遭遇和经历，形成了心灵的扭曲"，在艺术上"最容易接受西方艺术思潮的影响，有时甚至由借鉴变成了生搬照抄"，"对民族、民间的诗歌传统则盲目地怀疑甚至敌视"⑧。这类创作实践与"五四"传统也并不一致，"五四"时代"某些人全盘否定的是中国封建时代的文化"，而这类创作实践"全盘否定的却是中国的无产阶级文艺传统"，"五四"时代的"某些人全盘接受的是西方资产阶级民主主义的文化"，而这类

---

① 丁力：《新诗的发展和古怪诗》，选自姚家华编《朦胧诗论争集》，学苑出版社1989年版，第99页。

② 程代熙：《评〈新的美学原则在崛起〉——与孙绍振同志商榷》，载《诗刊》1981年第4期，第5－6页。

③ 郑伯农：《在"崛起"的声浪面前——对一种文艺思潮的剖析》，选自姚家华编《朦胧诗论争集》，学苑出版社1989年版，第332页。

④ 吕进：《社会主义诗歌与现代主义》，选自姚家华编《朦胧诗论争集》，学苑出版社1989年版，第406页。

⑤ 谢冕：《在新的崛起面前》，载《光明日报》1980年5月7日第4版。

⑥ 谢冕：《断裂与倾斜：蜕变期的投影——论新诗潮》，载《文学评论》1985年第5期，第46页。

⑦ 徐敬亚：《崛起的诗群——评我国诗歌的现代倾向》，载《当代文艺思潮》1983年第1期，第55页。

⑧ 朱先树：《实事求是地评价青年诗人的创作》，选自姚家华编《朦胧诗论争集》，学苑出版社1989年版，第191页。

创作实践"全盘接受的却是西方没落的现代主义文化"①。

第五，对"朦胧诗"艺术特色的阐析。研究者指出，新一代诗歌变革了许多传统审美因素，在意境上表现为"由大量变异性的意象群组成"与"带着极强的思辨色彩"；形象上表现为形象的"零碎组合""变形"与"不定性"；手法上表现为"纯感觉的隐喻""暗示""象征"或"复合式的知觉化的'物我同一'"等手法的大量涌现，以及"通感手法的普遍推广"；结构上表现为"跨跳性"、对"密度"的提升，以及"多层次"的交错；语言上表现为"追求全新的'搭配'关系"，如"小与大""有限与无限"等类型词语的搭配，以"追求词与词之间所构成的巨大张力"②。

如今再回看当初这场论争，或许不难发现，论争双方在有些方面所持观点其实是一致的，如双方都认同，或至少不否认，诗歌创作不能脱离"人民群众"，并且要反映时代特征，要在接续新诗传统的基础上，寻求与新时期社会发展环境相适应的表达方式。而分歧之处，则在于双方对"人民群众""时代""传统""新时期"等概念的不同定义。在"朦胧诗"的支持者看来，对于这些概念应有所更新，如"人民群众"的所指，应更新为以在 20 世纪七八十年代成长起来的青年人（包括年轻的"朦胧诗人"们在内）为主体的一代人，而"朦胧诗"所反映的"时代"，自然也指的是这一代人所创造的时代，而并非为反对者所普遍认同的，更倾向于革命理论中所定义的"人民群众"的概念。值得一提的是，一方面，"朦胧诗"的支持者发出抗议，指出主流文化不应对具有"异质性"的诗歌进行粗暴打压；另一方面，反对者也不满"朦胧诗"逐渐成为"时髦"，使其他"坚持社会主义文艺创作的道路，在扎根于人民中苦苦求索"的青年人

---

① 郑伯农：《在"崛起"的声浪面前——对一种文艺思潮的剖析》，选自姚家华编《朦胧诗论争集》，学苑出版社 1989 年版，第 330 页。

② 陈仲义：《新诗潮变革了哪些传统审美因素？》，选自姚家华编《朦胧诗论争集》，学苑出版社 1989 年版，第 213 – 230 页。

所创作的诗歌"很难通过追求时髦的编辑部"①。或许相对于这场辩论的输赢，在对于双方为争夺话语权的一些策略性的"提法"的考量之外，更值得关注的，是论争中引出的一系列问题，如"朦胧诗"为何可以在相对高压的批评环境下，逐渐受到越来越多同时代人的欢迎与认可；"朦胧诗"所表现的"自我"，究竟更倾向"概念性"的"自我"，还是事实意义上的"自我"；"朦胧诗"的创作实践本身，与支持者，甚至诗人本身所提出的一系列诗歌理念之间是否存在着某种距离；"朦胧诗"的创作实践与支持者的相关理论，在努力"去蔽"的同时，是否创造了新的"遮蔽"。诸如此类。

二、"朦胧诗"的文学史定位

关于文学史类论著对"朦胧诗"的定位，本书主要以《百年中国新诗史略——〈中国新诗总系〉导言集》（谢冕等著）、《中国当代新诗史》（洪子诚、刘登翰著）和《中国新诗五十年》（林贤治著）作为分析对象。之所以选取这三本书，主要是出自一种考量，即三者在立场、风格及侧重点上各有不同，互为补充，使得涵盖的内容更为全面。

在《百年中国新诗史略——〈中国新诗总系〉导言集》中，主要有两篇文章涉及"朦胧诗"：一是由程光炜所著的《处在转折期的70年代诗歌——70年代卷导言》，一是由王光明所著的《80年代：中国诗歌的转变——1980年代卷导言》。

在前一篇文章中，作者指出，20世纪70年代的"地下诗歌"，主要指的是"北京（含河北白洋淀）、贵州、上海和天津在一些知识分子和文学青年圈子中流传的手抄本诗歌作品，诗歌沙龙活动等；以及牛汉、绿原等老诗人70年代写于湖北咸宁五七干校的一些作品"（正如我们所知，前者恰是"朦胧诗"的一个重要组成部分）。在厘

---

① 柯岩：《关于诗的对话——在西南师范学院的讲话》，载《诗刊》1983年第12期，第49页。

清"地下诗歌"概念的同时，作者也特别提醒道，这一诗歌历史其实是一种"'记忆'中的诗歌现象"，"不仅是《今天》杂志，90年代的'发掘热'也在参与对它的历史整理和某种建构"，"对建构工作有重要影响的《沉沦的圣殿》《持灯的使者》《中国知青文学史》《文化大革命中的地下文学》及各种诗歌选本，某种程度上都在突出地下诗歌单质化的反抗性质，而忽略、模糊它别的一些特点，尤其是其中那些不够统一、或说杂质化的东西"，在不断讲述中，使其产生了一种"神话性质"，"对其他诗歌现象具有了'起点'或'示范'的作用"，"日益变成了不能讨论，至少不能被怀疑的一种崇高精神的存在"，种种情况说明，"当时对地下诗歌的历史命名和追认，已经对较为全面地认识、评价一个诗人具有了控制性的影响"。① 作者这种"反思"式的提醒，为"朦胧诗"研究提供了一个重要的思考向度。

而在后一篇文章中，执笔者提出，新一代诗人与其前辈最大的不同，在于"不从'历史哲学'而从'人生哲学'角度想象世界"，"《今天》所代表的非体制化的文学实践，呈现了文学思想上的个人话语与国家话语、面对心灵自由与承担历史使命的差异"。这种新的诗歌潮流，"与'拨乱反正'的主流诗歌一起，构成1980年代诗歌的两翼，既互相呼应又互相竞争，推动了当代中国诗歌的改变，使中国诗歌逐渐从国家化的状态中解放出来，回到个人有话要说的前提，回到诗歌作为一种想象方式的艺术探索，最终修复与重建了人与诗的尊严，并在新的语境中展开了多元的艺术探索"。要把握"朦胧诗"诗潮的历史意义，不能离开"集体经验转变的历史母题""一代人自我意识的形成过程"和"当代诗歌美学突破的社会蕴涵"，这一代青年"在少年——青年时期经历了一场漫长的心理危机"，因而"更重视面向自己的内心世界，更重视对世界的质询与拷问"，将"朦胧

---

① 程光炜：《处在转折期的70年代诗歌——70年代卷导言》，选自谢冕、姜涛、孙玉石等《百年中国新诗史略——〈中国新诗总系〉导言集》，北京大学出版社2010年版，第221-241页。

诗"作为"'重演过去'和'创造未来'的某种方式",希以通过作品"建立一个自己的世界","一个真诚而独特的世界,正直的世界,正义的和人性的世界"。作者认为,"朦胧诗"的主旨与西方现代主义诗歌所表现出的"荒谬感"有着本质上的不同,在主体问题上,所持的是一种肯定的态度,表现出"参与重建人的尊严和理想,探索走出困境的道路"的企图。而诗歌中的话语主体,也是一种"为时代的外在暴力所规定的、带有社会公共性和普遍性"的"集体的经验主体",因此,"朦胧诗"的主要价值,在于"它是红卫兵一代心灵历程和生存经验的艺术折光,是曾轻信过的某种永恒价值秩序瓦解崩塌过程中留下的诗歌化石,是一代人情绪意识的'纪念碑'与'墓志铭'"。① 文中对"集体的经验主体"的强调,在"表达自我"的激情之外,为"朦胧诗"提供了一种更为冷静的定位。

在洪子诚、刘登翰所著的《中国当代新诗史》中,除开与前文观点一致的论述,作者另外提到:一方面,"'新诗潮'和'第三代'等虽然一再标明其与当代诗歌脱离干系,但在对'运动'的热衷和诗歌运动的操作方式上,继承的正是'当代诗歌'的重要'遗产'";另一方面,如杨炼、江河等部分"朦胧诗人",也"和'复出'诗人中的邵燕祥、公刘、白桦等一起",从"强调对社会现实的'干预'和批判色彩"以及"个人体验对于政治诗的加入"两方面,"对政治诗的面貌做了重要调整"。同时,"朦胧诗"的价值或许正在于"朦胧",在于因其语言上的"异质性",从而表现出某种程度的"语言的反叛",而"'反叛'的价值在于:'拒绝所谓的透明度,就是拒绝与单一的符号系统……合作。'"。对于"朦胧诗论争",文中认为,"朦胧诗"正是在其中"确立其地位","同时也建构其自身的'秩序'"。在这种"秩序"中所产生的对于"朦胧诗"代表诗人的排列认定,引发了"另一些诗人、批评家的质疑",由此"发生了持续不

---

① 王光明:《80年代:中国诗歌的转变——1980年代卷导言》,选自谢冕、姜涛、孙玉石等《百年中国新诗史略——〈中国新诗总系〉导言集》,北京大学出版社2010年版,第242—290页。

断的改写、重叙的努力"，而"这一过程，一定程度折射了近二十年来，'新诗潮'内部在诗歌观念、诗歌探索方面，和诗人在'诗歌场域'中的位置等的矛盾"。此外，作者还指出，虽然直到1983年前后，"朦胧诗"的"合法性"似乎仍成问题，但在当时，"朦胧诗"的地位其实已难以动摇，"能说明问题的征象是，朦胧诗的某些艺术经验，已扩散到即便是当初的某些怀疑者的写作中。而且，在'新诗潮'的后继者那里，北岛、舒婷等这时已成为'传统'，成为内部发生裂变，酝酿新的'革命'所针对的对象"。至于"朦胧诗"势头的"衰减"，有被过度模仿、复制的原因，更主要的，则是因为"受惠于朦胧诗，而对中国新诗有更高期望的'更年轻的一代'"的"反抗和超越"。① 文中所阐明的，"朦胧诗"作为一种新的"传统"的形成，也体现出新时代对"朦胧诗"研究视角的一种更新。

林贤治所著的《中国新诗五十年》一书则指出"朦胧诗"中"由前现代向现代过渡"的特点，认为"朦胧诗人"群体崛起的最大成就在于"中国新诗因为他们而恢复了写作的个人性，恢复了诗人的诚实，艺术的自由和尊严"。同时，作者认为，新诗潮退潮的根本原因，在于"一代诗人普遍缺乏精神性，甚至其中最有代表性的诗人也缺乏献身于艺术的忠诚"，"新诗运动没有明确的目标，所谓原则，其实也是不确定的；由于得不到生命信仰的支持，往往表现为善变的特点。这些诗人停留在'文革'的终止处，再没有追忆的欲念，以及继续探索的热情。随着个人地位的改变，名流意识增加了，优越感压倒了痛感，完全失却了身在地下时那种独立坚持的状态"。此外，"没有自己的刊物也是致命的，公开发表作品具有相当大的诱惑力，为作协所认同的诗人身份足以煽动一个人的虚荣心"，"诗人开始分化"，"一些有实力的分子被边缘化"，"一些则一直活跃在主流刊物中"，有一些则"选择沉默"。② 作者的这种批评或许过于严厉，但也从另一角度对"朦胧诗"在某种层面上所形成的新的"神话性

---

① 洪子诚、刘登翰：《中国当代新诗史》，北京大学出版社2010年版，第206–246页。
② 林贤治：《中国新诗五十年》，漓江出版社2011年版，第114–115页。

质"提出了基于不同立场的挑战。

三、"朦胧诗"的研究专著与论文

至于其他对"朦胧诗"现象所作的专门性评论与研究，主要分为专门性论著与相关评论和研究文章两类。

其中，关于"朦胧诗"的专门性论著，目前只有陈仲义所著的《中国朦胧诗人论》一书。在这一论著中，作者对北岛、舒婷、顾城、江河、杨炼5位诗人的创作与艺术风格作了详细的阐析。书中写道，"人道主义几乎是《今天》集结的基础，叛逆传统反思历史现实是他们的起点，而主张开放性艺术则是他们最早的美学向往"，并指出，"今天—朦胧诗群"处在一个不断变化的过程中，其"长期被压抑的主体意识首先是以'言志'的面目出现"，这种"言志"的倾向随后"逐渐为更浓厚的文化意识、生命意识，即人生意识所化解"，其早期诗歌"历史地烙上强烈的社会性烙印，但并没有全然不顾诗的本体属性去迁就它的功利目的，随着时间的推移，回归与张扬本体的自觉愈加鲜明"。作者认为，"朦胧诗"的主要贡献有二：其一是"率先启动与张扬了人本主义思潮，确证了诗的主体性在文化前沿的蓬勃展开"，其二是"率先把白话新诗引入并提升到现代诗向度，促成大陆现代主义诗歌的中国化生长"。[①] 而关于5位诗人创作的主要特征，书中作出如下归纳：北岛创造出一种"象征——超现实模式"，这种模式"以局部或整体的暗示为主导，辅之以插入式理念哲思和精选的超现实成分化合而成，在此'三元素'有机溶合的基础上，综合着通感、畸联、时空倒错、改变视角透视、蒙太奇等现代手法的广泛运用，使这一模式在现代主义诗歌的大潮中，别具一格地突现出浓缩型的张力美形态"[②]；舒婷的创作体现出一种"情感复调"的特色，这种复调调式包括"在情感两极之间的巨大震荡里体现多

---

① 陈仲义：《中国朦胧诗人论》，江苏文艺出版社1996年版，第3、5–6、17页。
② 陈仲义：《中国朦胧诗人论》，江苏文艺出版社1996年版，第55页。

维性""在感情同一极向量推进中体现多变性"，及"在情感某一单元的推延中，体现细腻的差异性"三个方面，这一特征使舒婷在新诗"从浪漫向'准现代'迁演阶段"承担了重要的"中转"作用①；顾城则建立了一个"幻型世界"，"幼年独一无二的昆虫情结，纯真怜爱的本真童心，长年处于梦游症的异常亢奋的幻觉机制，以及因直觉、超验、神秘意识而获致的高频率灵感，它们共同组合为诗人充满幻象的心理架构"，这些因素间"紧密互为的张力作用"，使得这一"世界"得以"在当代诗坛显出独异的建筑风格"②；而江河塑造出一种"原型与个体同构境界"，"早期的他以一己苦难叠影现实的苦难"，"而后他沿着两个方向衍变，其一的脉动是潜入个体'此在'的内里、外来的奥尔逊投射为借鉴依据，内蕴求索陶渊明式的气质神韵，在意识与无意识层面谱写透明醇厚的属于完全个人化的生命意绪，弹奏生命秘密颤动的单弦，另一脉象是深入历史文化的纵深处，努力弘扬民族的神话原型，一改以往强烈主观化的倚恃，确立'以物观物，神与物游'的观照方式，并以客观化的阴柔调性，去追求和谐静穆的福慧境界"，这种境界的塑造，代表着"现代诗的古典意向"和"传统对现代诗的同化力"③；杨炼则在诗中建构出一个"智力空间"，其"空间诗"具有"网络状共时性""复合经验的智性"和"多重效应"三个显著特点，诗人的"包容性思维""对中国新诗的线性思维图式是一种挑战，为诗人掌握世界提供非线性的趋近共时的观照方式，充当了现代史诗创作的开路先锋"，"借此成型的空间诗同时为中国广义现代诗提供一种新的美学形态，其发散性智性特征给人以多重破译效应，其语言构成把'暴力操作'的'陌生化'一极发展到辉煌地步"④。书中对"朦胧诗"现象中具体诗人个体与其创作的细致分析，以及对诗人创作变化发展过程的梳理，也为后来的"朦胧诗"研究提供了诸多参考与启发。

---

① 陈仲义：《中国朦胧诗人论》，江苏文艺出版社 1996 年版，第 66、102 页。
② 陈仲义：《中国朦胧诗人论》，江苏文艺出版社 1996 年版，第 140 页。
③ 陈仲义：《中国朦胧诗人论》，江苏文艺出版社 1996 年版，第 191、194 页。
④ 陈仲义：《中国朦胧诗人论》，江苏文艺出版社 1996 年版，第 224、239－240 页。

　　而以"朦胧诗"为主要研究对象的评论和研究文章,其关注角度主要包括以下几个方面。

　　第一,对"朦胧诗"诗歌话语的研究。例如通过分析"朦胧诗"中的象征、意象使用、通感、艺术变形、隐喻等一系列艺术表现手法,阐释"朦胧诗"的文学价值①;通过分析"朦胧诗"使用隐喻与象征、通感和意识流、改变视角与透视关系和打破时空秩序与蒙太奇手法等一系列艺术手法,对诗歌文本与现实世界、诗歌文本与主体意念之间的意义间隙的调节,指出其诗歌文本在能指与所指之间、显性意义与隐性意义之间存在着巨大的审美张力,及其对长期以来诗歌文本向度单一化倾向的突破②;通过分析"朦胧诗人"的语言策略,即"疏离语言能指与所指的原有任意性关系,然后再予以重组,造成了诗歌意义的不确定",以及"以'言'绘'象','象化'的语言延缓甚至阻断了言意的通达过程,加重了诗歌的朦胧程度",阐释"朦胧诗"语言的"朦胧性"③;分析"朦胧诗"语言中"语象及其结构"的"物随情转的'变异'性"、"语句及其构造"的"模棱两可的'复义'性",及"语篇及其构成"的"内在关联的'通感组合'性",以阐释"朦胧诗"所建构出的"意象化语体"④;分析"朦胧诗"在自由的"心理时空"中,"以蒙太奇的原则来组织意象",所凝聚出的可称之为"瞬间"的新的艺术结晶与审美范畴,体现其中"瞬间隐寓的弹性扩张"和"诗由有限走向无限"的过程⑤;通过分析"朦胧诗"语言在"语音偏离""语法偏离""逻辑偏离"

---

　　① 隋晓村:《现代朦胧诗的艺术表现力》,载《剑南文学(经典教苑)》2011 年第 2 期,第 64 - 75 页。

　　② 陈学祖:《审美张力的叩求:从诗学视角看"朦胧诗"的意义向度》,载《内蒙古社会科学(汉文版)》2001 年第 5 期,第 78 - 81 页。

　　③ 赵敬鹏:《论朦胧诗的"朦胧性"及其语言策略》,载《河北民族师范学院学报》2016 年第 2 期,第 48 - 55 页。

　　④ 李幼奇:《朦胧诗的意象化语体及其诗学价值》,载《中国文学研究》2004 年第 2 期,第 18 - 20 页。

　　⑤ 王干:《时空的切合:意象的蒙太奇与瞬间隐寓——论朦胧诗的内在构造》,载《文学评论》1988 年第 6 期,第 36 - 43 页。

“语义偏离”和“篇章结构偏离”五个层面上的“语言偏离”特征，
“探究诗歌语言偏离的实现方式和朦胧诗语言的特质”①；通过对“朦
胧诗”“涌流期”语言的再审视，阐释其表意系统的局限性，这种局
限性“一方面表现为朦胧诗想象力内部结构中存在的‘个体性/同一
性’的矛盾”，“想象的悖论由此产生”，另一方面体现在语言层面，
“以‘我’为向心力建构的语言‘能指群’造成了其想象维度的单义
性”，同时，“我”在“语言的所指层”又被赋予了“‘绝望/希望’
二元对立式悖论感”，“使得朦胧诗语言在表意过程中呈现出不同程
度的焦虑”，希以从中生发出对“朦胧诗”转型原因的思考②；通过
对“朦胧诗”中暴力美学的研究，试图阐明“其背后所包含的反抗
一切束缚、敢于争天抗俗的巨大精神价值以及冲出极左文学模式的包
围后大胆创新所带来的审美价值”③；通过对“朦胧诗”的诗体形式
进行考察，揭示出其“在‘传统—国外经验’、‘诗体变革—现代
化’、‘自由体—格律体’这三种关系的作用力下”，对汉语诗歌诗体
建设的推动作用④；阐析“朦胧诗”在语言上表现出的“能指的扩大
化”“口语的提纯化”“语符的超常链接”和“意象群的格式塔建
构”这四种特质，体现其对习以为常的诗美规范所发起的挑战 ⑤。

　　第二，对“朦胧诗”精神内涵及特质的研究。如以北岛为主要
分析对象，将“朦胧诗人”们比作“一个家族中的子辈”，除了作为
“长子”的北岛，还有“放肆到要刨掘祖坟，重修宗谱”的“败家
子”、“性情温顺、多愁善感的女儿”和“任性、乖戾、执拗，长年迷
恋于嬉戏、唱童谣和想入非非，撒娇便一撒到底”的“小兄弟”，通
过阐释新的“一代人”对父辈的反叛与“不自觉的模仿”，探索被历

---

　　① 林英魁、陈俊余：《朦胧诗语言偏离研究》，载《现代语文（语言研究版）》2015
年第 10 期，第 71 – 73 页。
　　② 张凯成：《论朦胧诗“涌流期”表意系统的局限性——以诗歌想象力和语言分析
为中心》，载《江汉学术》2016 年第 2 期，第 75 – 80 页。
　　③ 王晨：《论朦胧诗中的暴力美学研究（1968—1986）》（学位论文），山东师范大学
2015 年。
　　④ 韦玉伟：《“朦胧诗”诗体形式考察》（学位论文），广西师范大学 2013 年。
　　⑤ 王维：《朦胧诗语言研究》（学位论文），华中师范大学 2006 年。

史"抛弃"的"一代人"的精神历程①；通过分析"朦胧诗"中具有现代主义倾向的怀疑主义、虚无主义、相对主义、非理性主义等多向度的历史反思和历史重构，阐释其在文学实践中所建立的疏离宏大叙事的历史观念②；将"寻找"作为"朦胧诗"主要的情感内涵和文化姿态，或是阐释"朦胧诗人"是如何"在寻找中表达他们对历史的理解和重建的努力"，并确立其独特个性③，或是分析"朦胧诗"中的"寻找"意象，阐述"朦胧诗"中对"人生道路""情感世界"和"艺术形式"的"寻找"④，或是阐述"朦胧诗"中对"永恒的人性主题""祖国及人生道路"和"朴素情感"的"追寻"，从中探索其现时意义⑤；通过解读"朦胧诗"的"意义模式"，阐述其启蒙性，即"在封建愚昧/灵魂救赎二元对立模式中，植入'科学'与'民主'主题"，"在宗教神学/个性解放的二元对立模式中，注入'自由精神文化'主题"，以及"在封建专制文化/现代文明意识的二元模式对立中，切入'启蒙的现代性'主题"⑥；通过分析"朦胧诗"中的"启蒙性"，阐释这种启蒙的"形而上意义"，即"以怀疑求证个体的生命价值""以反思张扬时代的英雄主义"和"以意象成就审美意识的升华"⑦；侧重于"朦胧诗"中的"自我表达"，或阐述在这种"自我表达"中，"具有现代意味的审美意识和诗歌观念"的

---

① 张闳：《北岛，或关于一代人的"成长小说"》，选自林建法主编《诗人讲坛》，辽宁人民出版社 2014 年版，第 137 – 156 页。

② 卢铁澎：《历史观念与朦胧诗潮》，载《首都师范大学学报（社会科学版）》2008 年第 2 期，第 88 – 92 页。

③ 丛鑫：《"朦胧诗"的情感内涵及其文化心理新论》，载《燕山大学学报（哲学社会科学版）》2010 年第 2 期，第 15 – 18 页。

④ 郑春：《试论朦胧诗的寻找主题》，载《东岳论丛》1997 年第 4 期，第 91 – 95 页。

⑤ 李超：《朦胧诗的追寻主题及现时意义》，载《文学教育（上）》2015 年第 4 期，第 150 – 151 页。

⑥ 徐国源：《论朦胧诗的批判主题及启蒙价值》，载《苏州大学学报（哲学社会科学版）》2010 年第 3 期，第 78 – 81、85 页。

⑦ 杜和平：《论朦胧诗启蒙的形而上意义》，载《毕节学院学报》2012 年第 12 期，第 66 – 69 页。

萌生过程①,或论述这种"自我表达"中表现出的现实主义理性精神,从中论证其历史合法性及意义②,或通过分析"朦胧诗"中"苦涩的理想主义奔突"和"低音区的伤痕抚摸",阐析"朦胧诗"以"心灵日记"方式完成的对时代内在历史的拼接,体现传统诗美学在"朦胧诗"中的"复苏与胜利"③;通过分析"朦胧诗"中的历史书写,体现其对文化与历史文本有价值与意义的消解,及其对传统历史主义书写的终结④;关注"朦胧诗"中对"中国形象"的书写,或分析其所呈现的"二元中国"形象,探索诗人在"阳光"与"阴影"复合时代的复杂情思⑤,或通过对书写形式的分析,体现其特定的历史与文学的双向意义⑥;通过对"朦胧诗"整体上"冷峻的格调"和"张扬的个性"两大特点的论述,及对不同诗人创作个性的分析,突显"朦胧诗"中与现实主义、现代主义相对的浪漫主义特征⑦;通过分析"朦胧诗"在"由文本、创作主体意念和客观世界所构成的审美张力结构中",对"创作主体意念在文本审美张力场中的作用"的强烈突出,阐释"朦胧诗"派的心理诗学观⑧;通过分析"朦胧诗"中所表现出的"反思'历史'时的灵魂自审""文化反思中的哲学观照"和对文化的从批判到肯定,探索"朦胧诗"中理性

① 徐国源:《现代诗魂的重塑——论朦胧诗的诗性寻求与艺术建构》,载《江苏社会科学》2005年第2期,第188-191页。

② 林平:《论朦胧诗"自我表现"的历史合法性及意义》,载《社科纵横》2009年第2期,第109-111页。

③ 罗振亚:《心灵与历史的同构——朦胧诗派的心理机制》,载《南京政治学院学报》2002年第5期,第103-106页。

④ 孙基林:《想象与记忆:新时期朦胧诗中的历史书写》,载《文史哲》2008年第1期,第133-138页。

⑤ 洪虹:《朦胧诗中的"二元中国"》,载《名作欣赏》2012年第8期,第90-92页。

⑥ 吴晓、尚斌:《历史废墟上升起的圣像——论朦胧诗对中国形象的书写》,载《北方论丛》2011年第4期,第36-39页。

⑦ 石兴泽:《冷峻的格调与张扬的个性——关于朦胧诗的浪漫主义解读》,载《学习与探索》2007年第4期,第189-194页。

⑧ 陈学祖:《"朦胧诗"派的心理诗学观念与中外诗学传统》,载《文艺理论研究》2002年第5期,第25-34页。

与感性的相互作用与牵制①；通过分析"朦胧诗"中"病弱的骨架与肌质"，提示其主体的精神孱弱性，一方面梳理他们与形而下的政策的深度重合，另一方面阐述个体情绪抒发对诗的人性存在的激活，同时指出其中的"狭窄性"，从而推动对"朦胧诗"的反思②；阐述"朦胧诗"在反抗中所体现出的"知识分子特有的先锋意识"，同时指出其在思想层面上"缺乏对时代变革复杂性的忧患认识"和"形而上的思辨性"的局限性③；阐述"朦胧诗"中所表现的"富有启蒙与悲剧意味的文化英雄气质"，并反思诗歌和诗人被过度"道德楷模化"的"诗歌崇拜"现象④；通过对"朦胧诗"中"史诗意识""批判精神""探索精神"和"悲剧意识"这四种精神主题的梳理和阐述，提示"朦胧诗"的独特性，及其对时代主题的深刻反映⑤；通过对比"朦胧诗"与"归来者"诗在面对"公共痛苦"时采取的不同抒情方式，揭示"朦胧诗"中与"归来者"诗的"他审意识"相对的"自审意识"⑥；通过分析"朦胧诗人"与归来诗人之间的代际裂痕，体现两代诗人在相互作用中对新诗传统的颠覆与建构⑦；通过分析五四新诗与"朦胧诗"中"启蒙"意识在"生成语境、启蒙思想和言说方式上"展现出的"相似与相异"，并"通过纵向对比的研究方式"，希以反映"由五四新诗开启，朦胧诗再次回归的启蒙之路"⑧。

---

① 王干：《反思：理性与非理性共生——论朦胧诗的哲学背景》，载《文艺理论研究》1994 年第 3 期，第 36 – 41 页。

② 傅元峰：《孱弱的抒情者——对"朦胧诗"抒情骨架与肌质的考察》，载《文艺争鸣》2013 年第 2 期，第 76 – 82 页。

③ 黄健：《朦胧诗的先锋意识及其思想局限》，载《名作欣赏》2007 年第 18 期，第 127 – 130 页。

④ 刘嘉：《伦理的"阴影"——对朦胧诗的一点再反思》，载《扬子江评论》2015 年第 3 期，第 56 – 61 页。

⑤ 王郑敏：《论朦胧诗的精神主题》（学位论文），西南大学 2007 年。

⑥ 丛鑫：《"公共痛苦"的不同抒写》（学位论文），西南师范大学 2003 年。

⑦ 李忍：《"朦胧诗论争"中的代际裂痕问题研究》（学位论文），湖南科技大学 2011 年。

⑧ 宁蒙：《开启与回归——五四新诗与朦胧诗的启蒙之路》（学位论文），黑龙江大学 2016 年。

第三，对"朦胧诗"意象的研究。譬如通过分析"朦胧诗"中的"孩子"意象，体现诗人们"对民族的历史与未来、人类生存的困境与救赎等问题的思考"①；通过分析诗中的"墙"意象，揭示其所包含的"现实与理想的障碍""冰冷潮湿的质感"和"一个时代的过去"等意蕴②；通过对"朦胧诗"意象、唐诗意象和意象派诗歌意象的比较，阐述"朦胧诗"意象相对于唐诗意象的物我统一、意象派诗歌意象的物我割裂，更多地隐露出"物我或人我之间的距离"的特质，体现"朦胧诗"通过意象的使用对"复杂、多层的人与人、人与外界的关系"的揭示③；分析"朦胧诗"对"变形性"与"个体性"意象的追求，展现其在呈现出纷繁意象的同时，导致古典"天人合一"意境的缺失④；通过一种整体性分析，将"朦胧诗"中所出现的意象分为"描述型""象征型""通感型"和"比喻型"四类，将各类意象的排列组合分为"并列组合""聚散组合""意识流组合"和"蒙太奇组合"四类，并通过"朦胧诗"意象与古代诗歌意象、意象派诗歌意象的对比，归纳出"朦胧诗"意象的"意象象征的陌生化""意象群体的动态化"和"意象选择的社会化"三种独特性，借此分析"朦胧诗"是如何通过意象的使用而增加其"艺术魅力和诗歌美感"的，以及如何因为后期意象过于晦涩而"被迫退出历史舞台"⑤；通过对"朦胧诗"中"死亡"意象的研究，阐述"朦胧诗人们对于个体生命价值的思考""诗人以女性视角发出的对于忠贞爱情的呼唤"，以及"朦胧诗人们对于人的终极价值的追问"⑥；通

① 谈凤霞：《朦胧诗中的"孩子"》，载《南京师范大学文学院学报》2000年第3期，第39-44页。

② 张文俭：《"墙"：朦胧诗人的宠儿——关于朦胧诗中的"墙"意象》，载《安徽文学》2012年第7期，第3-4页。

③ 黄修齐：《意象：跨世纪跨文化的发展变化——唐诗、意象派、朦胧诗比较》，载《中国比较文学》1997年第1期，第35-44页。

④ 王丽、蒋登科：《朦胧诗意象的呈现与意境的缺失》，载《三峡大学学报（人文社会科学版）》2007年第3期，第32-34页。

⑤ 侯永杰：《论朦胧诗的意象》（学位论文），山东师范大学2008年。

⑥ 陈熙：《朦胧诗死亡意象研究》（学位论文），湖北大学2014年。

过对"朦胧诗"中"太阳"意象的分析，阐释"朦胧诗"中"对革命太阳的颠覆和反叛"，及其在后朦胧诗出现之前并未能"重新构建出新的太阳"的"艺术局限性"①。

第四，对"朦胧诗"与西方现代主义及中国新诗传统之间关系的研究。如通过分析"朦胧诗"对"中国新诗 20 世纪三四十年代诗歌现代主义倾向的一种再现"及其与"西方现代主义诗歌艺术倾向的一种暗合"，展现朦胧诗潮对五四新诗传统的"续接和延伸"，以及因为"诗歌中理性精神的丧失"而导致的"朦胧诗"的终结②；通过"从人的发现和文的自觉两个方面对朦胧诗与西方现代主义诗歌进行比较"，"以期提出'本土化'的诗歌艺术构想：关注人的生命情怀与生存处境，提高人的生存质量，从而在体制与市场的双重压迫中实现诗人和诗歌艺术的崇高使命"③；通过分析"朦胧诗"中的"象征主义因素""意象化审美""意识流手法"和"语言风格的现代性"，探索"朦胧诗"中的现代主义因素④；通过分析存在于"朦胧诗论争"中的两重误读，即误将"朦胧诗"认为是表现自我的，及暗含在这个误读背后的对西方现代主义的误读，阐释中国当代文学中的西方影响⑤；将"现代性"与"现代主义"区分开来，探索"朦胧诗"中所体现的"相信未来"和"注重主体性和理性"的"现代性"特征⑥；通过分析 20 世纪 80 年代"崛起派"话语利用"现代主义"构建出的一系列二元对立，如向西方学习与继承传统的对立，现代主义式的历史言说方式与现实主义式的历史言说方式的对

---

① 郭爱婷：《论朦胧诗的太阳反题现象》（学位论文），中央民族大学 2010 年。

② 伍建平：《论新时期现代主义文学背景下的朦胧诗潮》（学位论文），新疆大学 2004 年。

③ 秦艳贞：《朦胧诗与西方现代主义诗歌比较研究》（学位论文），苏州大学 2004 年。

④ 李健、姚坤明：《朦胧诗中现代主义因素影响研究》，载《大庆师范学院学报》2014 年第 4 期，第 65－69 页。

⑤ 陈小眉、冯雪峰：《被"误读"的西方现代主义——论朦胧诗运动》，载《华文文学》2012 年第 1 期，第 34－45 页。

⑥ 孙基林：《朦胧诗与现代性》，载《文史哲》2002 年第 6 期，第 144－148 页。

立,展现出"崛起派"在思考文学问题时对"斗争思维"的沿袭①;
通过进入"朦胧诗论争"具体历史现场,考察"现代主义"话语是
如何进入20世纪80年代的权力话语秩序之中,其"中国身份"的
寻求是如何发生、展开的,说明这种寻求所具有的紧张的抗辩性历史
结构,并探讨80年代对"现代主义"的历史想象在作为策略使用的
过程中存在的被本质化的趋势和危险②;从"大量创作题材仍来源于
中国传统文化""脉成了古代诗歌的含蓄朦胧风格""表现手法在借
鉴的同时更多的是继承""承袭开创了传统诗歌意象以及民族意象"
和"在意境营造上符合中国传统审美规范"五个方面切入,阐释
"朦胧诗"所表现出的传统美学特征③;从"人道主义的回归""精
英意识的重现"和"女性意识的觉醒"三方面切入,阐释"朦胧诗"
在启蒙意识上与五四新文学传统的链接④;通过梳理"朦胧诗"在
"反叛精神"上与"九叶派""新月派"及20世纪60年代台湾现代
派诗歌的血脉相通之处,及这三个不同时期的创作群体在吸取古典诗
歌精华以丰富意境与借鉴西方现代派表现手法以拓展诗歌艺术表现力
的选择上的一致之处,阐释"朦胧诗"中的文化传承与精神反叛⑤;
以"朦胧诗"生发、生变、成型的演化轨迹为研究对象,分析其在
精神资源上,对艾青及"七月派"诗人厚重的历史使命感、"九叶派"
诗人的生命本位意识及20世纪50、60年代诗人的理想主义的综合,
在诗艺上,对中国20世纪30、40年代现代派"抽象感觉具体化"
"戏剧化"手法的承续,阐释其从中衍生出的"场景象征化"和戏剧

---

① 万水、包妍:《作为策略的"现代主义"——对1980年代诗歌"崛起派"话语的
重审与反思》,载《辽宁师范大学学报(社会科学版)》2016年第3期,第87-92页。

② 余旸:《"朦胧诗"论争——"中国式"现代主义诗歌的艰难叙述》,载《扬子江
评论》2009年第6期,第14-24页。

③ 于海丹:《浅析朦胧诗的传统审美艺术特征》,载《中国高新技术企业》2007年第
11期,第167、171页。

④ 张晓霞、刘海燕:《新诗潮——五四文学革命的链接——浅论朦胧诗的启蒙意
识》,载《广西教育学院学报》2006年第5期,第140-142页。

⑤ 聂茂:《朦胧诗的文化传承与精神反叛》,载《中南大学学报(社会科学版)》
2016年第1期,第190-196页。

化的"对抗模式"特征，揭示"朦胧诗"在对中国新诗传统的承续中，对自身的风格的创造性塑造①；通过分析"朦胧诗"在美学旨趣上对现代主义传统的继承，及在历史层面上"反传统"的激烈姿态，探讨"朦胧诗"在带来诗的转机的时候，造成的新诗发展的危机，如在褒扬"现代性"的同时对现实主义传统和民间传统的抛弃、深陷于"文革"的噩梦而对文学终极关怀的消解，及由于准备不足而导致的其为后来诗歌写作者提供的"现代诗"经验的稀薄②。

　　第五，对"朦胧诗论争"这一现象的研究。如分析在"朦胧诗论争"中，双方"为了强调自己的'正确性'，先把对方设定在'不正确'的状态，然后采取批驳、激辩和排斥的方式，以及所批评的'对立面'的确立并使其丧失话语阵地的过程"，阐释一种无法否认的文学史事实，即诗歌批评中对权力的无休止的重新分配，及由此引发的各居山头并彼此猜疑的"诗歌小圈子"的广泛而顽强的存在③；通过对"朦胧诗论争"的梳理，一方面强调"朦胧诗"来自现实体验而非现成的创作原则，另一方面反对过分强调"朦胧诗"的方向性，提出对"本质不变论"的主导思维模式的反思④；从"朦胧诗论争"及其对"晦涩"的讨论切入，考察20世纪80年代的文学话语中内含的政治性悖谬，阐释在与政治的对峙、斗争中建构起来的80年代的文学图景和文学想象，和在实现想象性的"全面胜利"之后，在努力"去政治化"的同时却不断陷入政治性泥淖这一状况在诗歌上的反映，从而指出文学应如何成为主体理性地思考和面对政治的障

---

　　① 张志国：《中国新诗传统与朦胧诗的起源》，载《中国现代文学研究丛刊》2007年第5期，第222 – 234页。

　　② 徐国源：《朦胧诗的"传统"继承与新诗危机》，载《文艺理论研究》2016年第3期，第142 – 149页。

　　③ 程光炜：《批评"对立面"的确立——我观十年"朦胧诗论争"》，选自程光炜《文学的今天和过去》，吉林出版集团有限责任公司2009年版，第31 – 44页。

　　④ 晋海学：《论中国当代文学史上的"朦胧诗"论争》，载《贵州大学学报（社会科学版）》2008年第5期，第61 – 66页。

碍，或面对时代严峻的精神危机，文学和政治何者更应当优先面对①；分析"朦胧诗"及其论争的出现，提出对论争中牵涉的诗与非诗的界限、诗的晦涩与含蓄的界限、诗的继承与发展的关系等关键性命题的进一步思考②；关注艾青在"朦胧诗论争"中的立场，或通过分析艾青前后期立场的改变，透视其中"政治意识的影响""随个人身份地位提升而来的对官方意识形态的自觉维护""对诗坛话语权的争夺""作为一个艺术家的对艺术价值的坚持"和"人事方面的误会"，从而通过对不同背景相同归来的两代人在新时期所发生的摩擦的思考，加深对历史的理解③，或梳理艾青与"朦胧诗人"的论争过程，肯定艾青在论争中所提出的"自我与时代的融合"和"传统与外国诗的融合"观点的历史眼光④；梳理"朦胧诗论争"，阐释其历史价值，即"激活了诗坛的热烈民主气氛，扩大了朦胧诗的知名度，为新时期诗歌沿着健康正确的路线继续高远腾翔，准备了坚实有力的理论后盾"，并指出论争之后应确认"朦胧诗"的价值，如"冲击了传统审美习惯，结束了当代诗艺的停滞不前，并为当代诗的发展提供了丰富的启迪"，"完成了时代内在历史的拼贴，在促进诗本质回归的同时，实现了对现代诗派、九叶诗派的超越"，"重构了以人的情思为核心的诗美理想规范，形成了如烟似梦的朦胧风格"，以及"以文学个人化的奇观，为当代诗坛输送了多种艺术模型"⑤；"运用历史研究的方法"，"对 80 年代'朦胧诗'论争期间涉及的主要刊物如《诗刊》《诗探索》《文艺报》等等进行梳理和分析"，从中寻找

---

① 何同彬：《晦涩：如何成为"障眼法"？——从"朦胧诗论争"谈起》，载《文艺争鸣》2013 年第 2 期，第 89 - 94 页。

② 王爱松：《朦胧诗及其论争的反思》，载《文学评论》2006 年第 1 期，第 113 - 121 页。

③ 蒋登科、李胜勇：《对"朦胧诗论争"中艾青立场的重新审视》，载《重庆大学学报（社会科学版）》2015 年第 1 期，第 164 - 170 页。

④ 司真真：《朦胧诗论争中的小插曲与大智慧——论艾青与朦胧诗论争》，载《理论月刊》2013 年第 4 期，第 57 - 60 页。

⑤ 罗振亚、李宝泰：《朦胧诗的争鸣与价值重估》，载《北方论丛》1996 年第 2 期，第 86 - 89 页。

"《福建文艺》开展的'讨论'在历史脉络中的位置、状况及其引领和影响'朦胧诗'论争的历史轨迹","以便审慎地进行意义言说和价值重估"①;通过对"朦胧诗论争的发生与展开"的历史回顾、对"论争双方各自所持的立场"的分析,以及对"朦胧诗论争所产生的后续影响"和"朦胧诗与现代主义诗歌关联"的讨论,探寻这场论争的推动力量、其产生巨大社会影响的原因、当时批评家们所怀的不同立场、"朦胧诗人"本身的态度,及这场论争对"朦胧诗"本身和中国新诗发展的影响②;通过对"朦胧诗"论争主体间相互关系的研究,探讨论争中"'多方'之间相互交织"形成的"阵营间的分裂或重组、话语权的离异或同构的复杂关系",展现各方对于新诗现代性出路的不同"想象"之间的纷争③。

第六,对"朦胧诗"的命名与研究的讨论。如通过返回"朦胧诗"命名现场,考察其命名内涵,展现这一命名中所包含的"朦胧诗"的外在美学特征,对当时诗歌创作环境的艰难的暗示,及对诗歌内容揭示了人内心的隐秘、直接指向心灵的品读的特质的展示④;通过对"朦胧诗"命名历史的"情节编织",指出其所反映出的某种意识形态化的书写逻辑,其背后新、旧两种不同价值观念与文化立场的分歧,及"朦胧诗"中所存在的"文革"时期"政治思维"的影响⑤;通过对"朦胧诗"历史的梳理,指出其文脉上可追溯至"今天派"及前驱"白洋淀诗群",下可延至"先锋派"和"新生代",文本意义上的"朦胧诗"只是沿用至今的一个历史的伪概念⑥;通过厘

---

① 赵丹:《〈福建文艺〉"关于新诗创作问题的讨论"(1980.2—1981.11)研究》(学位论文),四川师范大学2014年。

② 刘乐菲:《朦胧诗案研究》(学位论文),南京大学2013年。

③ 罗斌:《论朦胧诗论争主体间的相互关系》(学位论文),福建师范大学2012年。

④ 郑加菊、粘招凤:《朦胧诗命名的意义及其限度》,载《湖南人文科技学院学报》2010年第6期,第53—56页。

⑤ 董迎春、伍东坡:《论"朦胧诗"的"命名"与"情节编织"》,载《名作欣赏》2013年第11期,第25—28页。

⑥ 亚思明:《"朦胧诗":历史的伪概念》,载《学术月刊》2013年第9期,第119—128页。

清"朦胧诗""新诗潮"和"今天派"三个概念，阐释三者相关却不相等的关系，指出没有"今天派"就没有"新诗潮"，没有"新诗潮"就没有"朦胧诗"，一方面，经由"朦胧诗"的命名与论争，《今天》的诗人与诗作扩大了受众和影响力，另一方面，这场论争之后，主流文坛以局部收编与吸纳的方式更深地压抑了《今天》杂志的存在①；梳理"朦胧诗"的重新发现与"考古"成果，对"朦胧诗"研究提出"中观研究"这一流派研究的新方法，即"专注于流派的肌理密集处"，寻找具有本质意义的"文学生命的集结点"，以把握"朦胧诗派"流变的脉络，探索其在精神指向上的共时性，诗人群体之间的沿传、继承关系，及其审美风格和诗歌话语的趋同性②；以洪子诚四本文学史著作为中心，探讨"朦胧诗"在文学史书写中，从轮廓的勾勒到谱系的建立，再到细节化历史叙述的深入，与文学史互为因果，在文学史"重写"视域下共同参与和完成的对其经典化的建构③；通过比较《中国当代诗歌史》《中国当代新诗史》《现代汉诗的百年演变》这三部新诗史对诗人食指和"朦胧诗"这一个共同问题的不同阐述，深入探讨新诗史写作中不同的写作立场、研究观念和研究方法带来的可能性和限度④；以《朦胧诗新编》为中心，探讨当代诗歌编选中的问题与方法，指出一个好的诗歌选本至少应有两个意义，一是严谨、真实的诗歌史料，包括诗作创作年代的考证，诗歌发表出版的原刊物，"朦胧诗"在"文革"时期的手抄本与后来油印本、正式出版物之间所作修改的汇校、辨伪工作等，二是严

---

① 梁艳：《朦胧诗、新诗潮与"今天派"：一段文学史的三种叙述》，载《华东师范大学学报（哲学社会科学版）》2011 年第 1 期，第 119－123、129、155 页。

② 谷鹏、徐国源：《"朦胧诗"：矛盾重重的文学史叙述——兼论当代诗歌流派的解读方式》，载《江苏社会科学》2010 年第 1 期，第 161－164 页。

③ 许永宁：《文学史书写视域下的朦胧诗经——以洪子诚四本文学史著作为中心》，载《长沙理工大学学报（社会科学版）》2015 年第 6 版，第 85－90 页。

④ 黄雪敏：《新诗史写作：可能与限度》，载《江汉大学学报（人文科学版）》2006 年第 2 期，第 11－14 页。

格的编选原则①；通过分析《朦胧诗选》和相关论争文章所营造的"朦胧诗"理论形象与"朦胧诗"鲜活印象的距离，阐析"懂与不懂"问题学理性的缺乏，以及在"朦胧诗"时间界定问题上，提出对前伸研究"过度"阐释的质疑及对"朦胧诗"与汉语诗歌传统之间关系的反思，从而指出对"朦胧诗"这一诗学概念继续进行重述的必要性②；通过分析"朦胧诗"是怎样"从进入公众视野到成为话语对象"，论述"在打造朦胧诗经典品牌的过程中多重话语的互搏"，及讨论"在朦胧诗退潮后学界对其'前史'的挖掘带来的朦胧诗谱系的变化和这种变化中所呈现出来的经典化的选择与遗漏现象"，期以"更好地透视当代文学的诸多复杂现象，如文学观念的转变，文学审美的变迁，文学传播机制以及文学经典的生成逻辑等"③。

第七，对与"朦胧诗"密切相关的《今天》诗歌的研究。例如通过比较"今天派"写作与俄罗斯诗歌的相似性，阐释"今天派"写作以"对抗"为本质的美学特征④；立足原始材料，考察《今天》杂志诞生的外部环境、刊物本身的文学与文化性质，及它在朦胧诗潮中所起的推动作用，以揭示一个刊物与一场诗歌运动之间的关联，指出"《今天》的作品体现了民间性、非官方性的边缘化特征"，"《今天》在北京的活动与生存与当时的现实环境和政治语境有非常密切的关系，它表现了强烈的现实参与意识和社会责任感"，"《今天》表现了一种开放的文化意识，这是他们所具备的现实关怀与现代性视野的体现"，"《今天》虽然不是一个诗歌/文学流派，但却因其同人性质而具有生成流派的可能性，并且因其始终坚持的纯文学性而掀起了

---

① 李润霞：《当代诗歌编选中的问题与方法——关于〈朦胧诗新编〉的讨论综述》，载《南方文坛》2005年第2期，第59－62页。

② 陈爱中：《朦胧诗：一个需要继续重述的诗学概念》，载《当代作家评论》2012年第2期，第173－182页。

③ 陈唯：《朦胧诗的经典化历程研究》（学位论文），华中师范大学2012年。

④ 柏桦、余夏云：《"今天"：俄罗斯式的对抗美学》，选自江汉大学现当代诗歌研究中心主编《群峰之上："现当代诗学研究"专题论集》，长江文艺出版社2011年版，第303－313页。

新时期的一场诗歌运动"①；从传播的角度，分析《今天》的纯文学定位，对社会化传播途径的寻求，对作家、作品与读者关系的重塑，阐释其对"朦胧诗"形象呈现的影响，及其传播机制为进一步研究朦胧诗奠定的基础②；通过"述说《今天》产生的历史背景、缘由"，"考辨《今天》杂志从创刊到停刊的具体历史情形"，"研析《今天》的若干代表性作家与作品"，及"探究《今天》与'朦胧诗'论争的关联"，"以回到现场、情境再现的方式，重新描画'文革'后最初几年的文学场景"，"为中国当代文学'前、后三十年的断续和转型'问题提供必要的史料支持和思想资源"③；通过"关注从红卫兵运动到思想解放之际，年轻知识分子的动向，探讨'今天派'诞生和历史动因"，"关注跟主流文学界相反的《今天》和'今天派'的文学观和艺术理念，探讨'今天派'的先锋性因素"，以及"关注《今天》和'今天派'一系列的非刊物活动"这三方面的内容，加深对"今天派"的理解④；通过对《今天》诗歌的"生发、生变、生成三个历史时期"和"命运漂泊诗、戏剧对抗诗与日常生活诗三种诗歌形态"的考察，分析《今天》诗歌经历"形象重塑"终而"被纳入国家'整一'意识形态的构建中"的过程，借以阐明以"《今天》诗歌中社会主义人道主义的'自我'观""个体受难不屈的怀疑求索意志"和"以'隐喻'为核心的艺术表现形式"为核心的"朦胧诗"的发生⑤；通过对"《今天》话语场在文学史中的形成过程"和"朦胧诗的兴起与《今天》的关系"的阐析，及对"'今天派'与朦胧诗的差异与暗合"的比较，论证作为"朦胧诗发

---

① 李润霞：《一个刊物与一场诗歌运动——论朦胧诗潮中的民刊〈今天〉》，载《贵州社会科学》2006 年第 4 期，第 111 – 116 页。
② 王亚斌：《民刊〈今天〉的"传播空间"的文学社会学分析》，载《齐齐哈尔大学学报（哲学社会科学版）》2013 年第 2 期，第 127 – 129 页。
③ 梁艳：《〈今天〉（1978—1980 年）研究》（学位论文），华东师范大学 2010 年。
④ 赵喆熊：《"今天派"研究》（学位论文），华东师范大学 2013 年。
⑤ 张志国：《〈今天〉与朦胧诗的发生》（学位论文），暨南大学 2009 年。

生的原点"的《今天》杂志在文学史中的意义①；将《今天》作为"地下诗人从边缘走向中心的转场平台"和"'朦胧诗'崛起前的集中阵营"，阐释《今天》诗人的"'自我'建构历程""'纯文学'立场"，及其"在争取话语权力的过程中，所采取的'非常态'的表达方式和传播策略"②；通过对国内与海外两个时期的《今天》杂志的文本分析，关注"三十年来《今天》文学的完整的创作历程与《今天》知识分子的精神发展的线索"，从而"引出对'大小历史'的辨析与'民间'理想的思考"，并通过对"《今天》与两个时代的写作以及由此产生的精神趋向、体制与《今天》知识分子写作的关系等问题"的研究，体现"其寻找文学的精神家园的意义"③。

第八，对其他诗人及诗歌刊物与"朦胧诗"之间关系的研究。如通过梳理《诗刊》复刊与"朦胧诗"兴起的历史，分析《诗刊》与"朦胧诗论争"的关系，阐述后朦胧诗时代《诗刊》的走向，以探讨《诗刊》在"朦胧诗潮"中所起的作用，思考像《诗刊》这种具有影响力的官方刊物对诗歌新思潮兴起的帮助，及其意识形态调控功能对诗歌本身艺术性消解的可能④；通过梳理蔡其矫与舒婷间的诗歌唱和，与北岛等年轻诗人的交游，促成舒婷与北岛、芒克等的结识对朦胧诗群基础的奠定，及其对"今天派"前期活动的直接参与，对青年诗人的大力推介，后期就"朦胧诗"缺陷提出的忠告，揭示其与"朦胧诗人"间的相互影响，在交流中对彼此诗风变革的促进，及其晚年诗歌对后期"朦胧诗"缺陷的明智而有力的反拨⑤。

第九，对"朦胧诗"及其某一特质的整体性研究。譬如将"朦

---

① 张琳琳：《放逐与崛起：论〈今天〉与朦胧诗关系》（学位论文），黑龙江大学2014年。

② 崔月萍：《从"文革"中走出来的〈今天〉诗歌》（学位论文），首都师范大学2009年。

③ 陈昶：《寻找民间：〈今天〉知识分子研究（1978—2012）》（学位论文），武汉大学2013年。

④ 胡友峰、李修：《〈诗刊〉与朦胧诗的兴衰》，载《当代文坛》2014年第4期，第121–129页。

⑤ 邱景华：《蔡其矫与朦胧诗》，载《诗探索》2005年第1期，第72–85页。

胧诗"纳入新诗潮的范畴之中，对 20 世纪中国新诗发展历程重新进行总体性的审视，指出诗在中国往往能够成为社会变革的先兆，超负荷地拥有和承担艺术以外的职能，同时指出，1979 年兴起的新诗潮和以后出现的后新诗潮，其基本情绪是沉郁、感伤，体现了古老的群体意识和陌生的个体意识的最佳结合，虽然艺术形式产生变化，但诗质却没有或甚少发生变化，此外，还将新诗潮视为伤痕文学、反思文学、寻根文学的先导，将其价值定义为以自身的完成为革命诗歌运动画了一个句号，又以自身的试探为第二次诗意革命画了一个冒号，并提出，新诗潮对生命内在世界的发现，不但为后新思潮提供了一片崭新的大陆，也使中国新诗在冲决"民族性"的羁束之后进入世界现代诗的总格局①；通过对"朦胧诗"概念和"朦胧诗人"构成问题的再思考，对食指、黄翔、根子等"被埋葬"者的再阐述，对北岛、舒婷、顾城等具有代表性的"朦胧诗人"被忽略的另一面的提出，对"朦胧诗"中的一系列问题进行重新探讨和廓清②；通过对食指、北岛、舒婷、顾城和多多的诗作的阐释，展现"朦胧诗"对新的诗歌言路的开拓，及其言说方式的多样性③；通过论述"朦胧诗"在创作上对诗的"作法"的注重、对内在思维的强调，在构思上"追求意象化、象征化，将生活扭曲变形，借以表现诗人'心滤'的现实"的特征，指出其出现改变了新诗传统的欣赏模式，取缔了用线性思维去读诗与作诗的行为，迫使读者建立起开放的、诗学的（而非闭锁的、政治的）审美机制，同时要求作者尊重诗的个性，探寻诗的生成规律，在情态符号的对立与调和中寻找诗意④；通过论述"朦胧诗"中的以"我不相信"作为"自我确证之根"，以"我寻找"作

---

① 谢冕：《论新诗潮》，载《中山大学学报（社会科学版）》2002 年第 5 期，第 1 –14 页。

② 张清华：《朦胧诗重新认知的必要和理由》，载《当代文坛》2008 年第 5 期，第 33 – 39 页。

③ 王光明：《论"朦胧诗"与北岛、多多等人的诗》，载《江汉大学学报（人文科学版）》2006 年第 3 期，第 5 – 10 页。

④ 赵金钟：《咀嚼与清理：再论"朦胧诗"兼及新诗的读法与作法》，载《河南师范大学学报（哲学社会科学版）》2003 年第 2 期，第 100 – 103 页。

为"自我确证之法",以"我站立"作为"自我确证之的",及其展现出的"人的体验"与"人的拯救方案",揭示其中新的诗歌传统的形成①;通过梳理"朦胧诗"中的批判精神,阐释"朦胧诗"话语的"异质性",指出"朦胧诗"与现代诗歌艺术的重新对接,"既有现实介入的需要,又有主题切入的因素","朦胧诗"的批判诉求向现代诗的移植,也与诗人"向内转"的心路历程有关,同时,"艺术发展的自身诉求,也召唤具有变革性的文学进行新的艺术建构",从而展现"朦胧诗"的文学史价值②;从言、象、意三方面对"朦胧诗"进行重新审视,阐述其语言上"意叙""短缺""重复"三种模式及特点,意象上"随意性""不定性""多层次""跨跳性强""喻意多情调"等特征,意蕴上"张扬贵族精神,粉碎盲目崇拜,在孤独和哀婉中寻索崇高的人文精神"的特质③;通过分析舒婷在《最后的挽歌》中对灵魂救赎的渴望、顾城在《英儿》中幻演的耶稣,及海子用其创作和生命对《圣经》的模拟,展现《圣经》对"朦胧诗人"的影响④;着眼于"朦胧诗"发生期诗人的精神状况,和旧体诗词作为一种写作训练对"朦胧诗人"产生的有益作用,以此为历史据点,考察"朦胧诗"发生的复杂动因,及"朦胧诗"对新诗历史进程的功能效应⑤;探讨朦胧诗在从"地下"到"地上"的过程中,在权力话语结构中非常态的表达方式,即其为争取"合法化"的传播策略,如"以'民刊'为媒","用'叫喊'的方式放大音量",

①　王学东:《朦胧诗:中国现代诗歌的新传统》,载《南方文坛》2010 年第 3 期,第 106 – 109 页。

②　徐国源:《论朦胧诗对中国现代诗的贡献》,载《文艺争鸣》2009 年第 1 期,第 75 – 77 页。

③　肖礼荣:《中国当代诗歌言、象、意探问(二)——论朦胧诗》,载《康定学刊》1996 年第 1 期,第 53 – 58 页。

④　叶蓉:《论〈圣经〉对文革后几位朦胧诗人的影响》,载《浙江大学学报(人文社会科学版)》2004 年第 2 期,第 77 – 84 页。

⑤　易彬:《论"朦胧诗"发生的历史据点——以精神状况与写作训练两层面为中心的考察》,载《当代文坛》2008 年第 5 期,第 39 – 43 页。

及“与非文学力量合流，共谋切入公共话语空间”①；通过分析20世纪80年代中后期社会向市场经济的转型，及阐释“朦胧诗”中的“精英启蒙意识”“病态青春意识”“爱情乌托邦”和“语言主流化症状”，探讨“朦胧诗”落潮的外部原因和内部原因②；从论述“朦胧诗”在突破话语暴力，被冠以“启蒙”等大词之后，并没有从根本上改变认识世界的方式，仍具有宏大叙事的内核，展开另一种大词的意象铺排，最终还是落脚到非诗歌的目的，来探讨“朦胧诗”无法使汉语新诗化蛹成蝶的原因③；通过论述存在于“朦胧诗”中的三种症候，即“尽管朦胧诗的批判话语在与历史暴力的对抗中，意识到‘人’、‘自由’、‘尊严’和‘爱’等人道主义命题，但它既把‘文革’历史暴力作为出发点，又作为最终归宿，始终未能摆脱时代特征，未能显示出历史超越性”，“新诗潮觉醒于社会蒙昧状态，其批判性又不得不在时代性意识形态的制约中有所规避，因此所谓‘朦胧’，某种程度上可以说是‘社会内涵朦胧’”，以及“在‘人’的命题上，朦胧诗所凸现的主要是个体中的群体，‘个人’的深度未及充分展开，因而书写的是‘浮泛的个人性’”，从而指出“朦胧诗”批判性话语的先天不足对其自身价值的削弱④；论述朦胧诗以与主流意识形态对抗与决裂的姿态而最终成为主流话语的一个部分、一个阶段，其在表达“人”的意识的觉醒、复位的同时又重新建构起富有浪漫主义、理想主义特质的“人”的神话，其不断描述的海上景观与“钥匙”成为他们对时代的绝对隐喻与对现实的艺术命名，并分析“朦胧诗”的退场，尝试从非意识形态化的角度对“朦胧诗”进

---

① 徐国源：《从“地下”到“地上”——传播视野中的朦胧诗》，载《江苏社会科学》2007年第2期，第191－194页。

② 方守金：《论朦胧诗的终结》，载《安徽大学学报》2000年第2期，第64－69、80页。

③ 陈爱中、王智：《因袭的文本：朦胧诗的诗学选择》，载《黑龙江社会科学》2013年第3期，第118－120页。

④ 徐国源：《批判“失语”与“朦胧”指征——中国朦胧诗派新论》，载《当代作家评论》2005年第1期，第100－103页。

行解读①；通过分析"朦胧诗"与"文革"历史的关系，阐明"诗与史的紧张"是"朦胧诗"意义之所在，展现出启蒙主义"元历史"对"朦胧诗"的意义赋予，以及在"元历史"的叙述中，作为政治寓言的"朦胧诗"仍具有的重要意义②；通过探讨"朦胧诗"产生的"时代的社会进程"和"文学生产的体制"这些外部条件的现代性，以及诗歌内部在"人的主体性"和"文的主体性"两方面的现代性，阐释"朦胧诗"在"中国文学现代化进程"中的重要地位③；通过对"朦胧诗"现象始末的重新审视，发现在"朦胧诗"概念确立过程中对文学现象的"简单化处理"和对其他的遮蔽，借以阐明"'朦胧诗'由最初纷繁复杂的状貌，到最终以'先锋性'著称，是文学史在编写上选取、突出'朦胧诗'的'现代派'特征的结果"，并以此为参照对象，"探讨新时期文艺观念转变过程中'五四'传统、延安文艺、'十七年'文学及'文革'文学、西方文学等等，多种文学资源、文学观念之间冲突与整合的复杂过程"，展现"历史与历史阐释的差异"④；运用新批评中"复义、张力、悖论、反讽等理论"对"朦胧诗"内涵进行阐释，从而对"朦胧诗"独特的审美价值进行进一步挖掘，同时为"朦胧诗"研究提供新的理论依据⑤。

综上所述，可见"朦胧诗"相关研究内容之繁多及研究视角之多样，体现出"朦胧诗"一直延续至今的深远而广泛的影响力。其中，有许多评论与研究的论点可相互支撑、互为补充，也有不少观点彼此间相互对立、相互排斥，或许从另一层面上，亦可看出"朦胧诗"自身所蕴含的复杂性与矛盾性。当然，相对于将"朦胧诗"视

① 严军：《论作为一种传统与背景的朦胧诗》，载《学海》2002 年第 6 期，第 142 - 145 页。

② 陈迪文：《诗与史的紧张——论"朦胧诗"意义的生成与消解》（学位论文），武汉大学 2004 年。

③ 王娟：《遭遇历史——论朦胧诗的现代性追求》（学位论文），南京师范大学 2003 年。

④ 卫梅娟：《"朦胧诗"现象再研究》（学位论文），福建师范大学 2010 年。

⑤ 李自然：《新批评理论视域中的朦胧诗研究》（学位论文），广西师范大学 2010 年。

为一个整体的研究, 还有更多对具体诗人的研究, 这些研究也从精神内涵和艺术风格上, 对不同风格的诗人们的诗歌创作展开了深入而多角度的探索。

第三节 "朦胧" 概念阐析

本书旨在结合时代背景及 "朦胧诗" 之 "朦胧" 这一显著特征, 以 "朦胧诗" 诗歌文本为重心, 同时将诗人自身与时代亲历者的相关表述纳入考量, 结合相关的文学及社会学理论, 探索 "朦胧诗" 是如何通过 "朦胧" 这一特质, 在反映 "不谐和性" 的同时寻求 "一体性" 的建立, 在既强调自我, 又希望为 "一代人" 代言的诗歌表达中反映时代意识, 记录 "一代人" 的精神印迹的。

其中, "朦胧" 这一概念, 在《说文解字》中的解释为 "月朦胧"①, 用以形容月光不明的状态。笔者以为, 虽或出于偶然, 但 "朦胧" 一词, 对 "一代人" 而言, 本身或许也包含着巨大的隐喻。"朦胧诗" 中的 "朦胧", 不仅指向其难以读懂, 也正如顾城在其广为人知的那首诗歌《一代人》中写道: "黑夜给了我黑色的眼睛, 我却用它寻找光明。" 当 "太阳" 的光芒逐渐息弱, 月色降临, 一个时代开始寻找新的方向, 人们在 "朦胧" 的黑夜中摸索, 而这种 "朦胧", 或许同时也正指向这样一种 "寻" 的状态。

与此同时, "朦胧" 也指向一种燕卜荪在《朦胧的七种类型》一书中所提到的对体验的强调, 或是由于不同读者经验的差异而产生的 "朦胧美", 即 "一切白话陈述都可以说是朦胧的", 就比如莎翁著名的诗句, "唱诗坛成了废墟, 不久前鸟儿欢唱其上", 其中 "没有双关语, 没有双重句法, 也没有暧昧的感情。但其中比喻在多重意义上均可成立。原因有很多: 例如因为坍塌的唱诗台是歌唱的地方; 因为

---

① 〔汉〕许慎:《说文解字 (校订本)》, 凤凰出版社 2004 年版, 第 191 页。

唱诗台上的人要坐成一排；因为它是木制的，且雕成节状；因为它们曾被酷似森林的建筑材料覆盖，建筑物的彩色玻璃和里面的绘画就象绿叶和鲜花"，诸如此类，"再加上许多其他社会、历史原因（如新教徒摧毁寺院、对清教主义的畏惧等），再加上其他许多将那个比喻与整个诗联系起来的原因，这一切就形成了这一行诗的朦胧——由于我们不知道这些原因中哪一个在人们头脑中最清晰，因此就存在着一种朦胧——美"。抑或是指向一种"通感"，"它把读者引回混沌不清的感觉状态，而这种状态为所有这类感觉所共有；它也许还会将读者引回幼儿时候分不清各种感觉的混沌状态，引起一种初步的感觉紊乱"，"类似由头晕、癫痫或麦斯卡尔一类药物所造成的感觉"，使读者"看到了非常悦目但又从未见过的崭新色彩，正在了解非常重要而又有趣的某种东西"，但"就是说不清它到底是什么"。①

　　而"寻"的状态与对充满个体特征的"体验"的强调，其共同指向的或许是，相对于对意义的直接表述，更倾向于建立一种在拥有共同时代记忆基础上的情感互通，以及在前文中已有所提及的，以诗歌这种艺术体裁为载体，在"不谐和性"② 中建立"一体性"的创作尝试。

　　正如德国学者胡戈·弗里德里希在《现代诗歌的结构：19 世纪中期至 20 世纪中期的抒情诗》一书中所指出的那样，可以将现代诗歌中"费解与迷人的并列称为一种不谐和音（Dissonanz）"，"因为它制造的是一种更追求不安而非宁静的张力"，"不谐和音的张力是整个现代艺术的目的之一"，"中性的内心性取代了心绪、幻想取代了现实、世界碎片取代了世界统一体、异质物的混合、混乱、晦暗和语言魔术的魅力，还有可以与数学相类比的、让熟悉者异化的冷静操作：这正是波德莱尔的诗歌理论，是兰波、马拉美和今天诗人的抒情

---

① ［英］威廉·燕卜荪：《朦胧的七种类型》，周邦宪等译，中国美术学院出版社1996 年版，第 1 - 4、16 页。

② 这种"不谐和性"既存在于个体与时代之间，也存在于个体自身内部。

诗作品置身其间的结构"①。而"朦胧诗"中自觉或不自觉体现出的"不谐和性"，或许一方面来自诗人对于西方现代艺术风格的主动借鉴，另一方面也来自与其情感真诚和坚持思考的创作理念密切相关的、处在转型期的时代精神特质。

此外，与西方现代诗歌以"不谐和音的张力"作为诗歌的特质相对，"朦胧诗人"们所追求的，或许还包括在"不谐和性"中建立"一体性"。这种"一体性"与席勒在《审美教育书简》一书中提到的"游戏说"理论与"活的形象"的概念相似，指向建立一种和谐的审美形式，以通过艺术的感染力恢复"人"的个性与尊严。如北岛曾提出，"诗人应该通过作品建立一个自己的世界，这是一个真诚而独特的世界，正直的世界，正义和人性的世界"，"世界上有很多道理，其中不少是彼此对立的。应该允许别人的道理存在，这是自己的道理得以存在的前提。诗人之间需要沟通、理解、宽容和取长补短。当然，争论也是必要的"②。杨炼也曾指出，"在一些人看来，现代诗如此不可理喻，它看起来更象一个充满矛盾的没有结论的实在物，而非理想教育的教材。人们在它之中永远不仅意识到自己同时意识到自己的对立面，而相反两极间不停的相互运动又使诗保持了整体的静止"，"一首成熟的诗，一个智力的空间，是通过人为努力建立起来的一个自足的实体"③。

另外，本书所指的"一代人"，既指向"一个时代"，亦指向这个时代的"人"，因此，对"一代人"精神印记的记录与反映，既描出由人所组成的一个时代的剪影，亦表现出组成这个时代的人的群像。这种对其"反映"价值的关注，并非简单地寻找其中所表现出的"一代人"的共通点，而是通过关注诗人作为个体的独特性、诗人与其所处诗歌团体的关系，及"朦胧诗人"这一群体在时代中位置的寻求，连点成线，连线成面，希以构建出相应的时代截面。当

---

① ［德］胡戈·弗里德里希：《现代诗歌的结构：19 世纪中期至 20 世纪中期的抒情诗》，李双志译，译林出版社 2010 年版，第 1、15 页。

② 老木编：《青年诗人谈诗》，北京大学五四文学社 1985 年印刷，第 2 页。

③ 老木编：《青年诗人谈诗》，北京大学五四文学社 1985 年印刷，第 75 - 76 页。

然，此处所指的"一代人"，并不能涵盖在同一时期生活过的所有人，主要还是指向于 20 世纪 70 年代成长起来的"知识青年"群体，并在尽可能的范围内，兼及考量在"不谐和性"中溢出这一群体的某些时代特质。

在下文，笔者将以回顾视野，从"'一代人'：共同经验与不同声音""'不谐和性'：于'陌生处'照见时代特质"，以及"'一体性'寻求：'活的形象'与诗艺探索"三方面展开进一步的论述。

第一章

"一代人"：
共同经验与不同声音

"一代人"的意识，在"朦胧诗人"的作品中常常有所体现，而这种"一代人"概念的产生，或许与青年诗人们所处的具体历史情境与时代处境不无关联，即当统一而牢固的集体话语开始逐渐瓦解之时，人们彼此之间依靠共同经验寻求"身份互证"的一种表现。此外，在寻求共同意义的同时，一些"不同的声音"也会有所显现。

第一节 "朦胧诗"中的代际意识：
"一代人"正在走过

关于代际意识，首先，北岛为《今天》创刊号所起草的《致读者》一文便有清晰体现。在文章中，诗人满怀豪情地宣告："历史终于给了我们机会，使我们这代人能够把埋藏在心中十年之久的歌放声唱出来，而不致再遭到雷霆的处罚。我们不能再等待了，等待就是倒退，因为历史已经前进了……过去，老一代作家们曾以血和笔写下了不少优秀的作品，在我国'五·四'以来的文学史上立下了功勋。但是，在今天，作为一代人来讲，他们落伍了。而反映新时代精神的艰巨任务，已经落在我们这代人的肩上。"①

而在不同风格的"朦胧诗"作品中，代际意识也都以不同方式分别有所体现。其中，北岛、顾城、舒婷和梁小斌的诗作，都对"一代人"这一称谓直接有所提及。

在北岛的诗作《走向冬天》中，诗人写道：

风，把麻雀最后的余温
朝落日吹去

走向冬天

---

① 北岛：《致读者》，载《今天》1978 年第 1 期（创刊号），第 1 页。

我们生下来不是为了
一个神圣的预言，走吧
走过驼背的老人搭成的拱门
把钥匙留下
走过鬼影幢幢的大殿
把梦魇留下
留下一切多余的东西
我们不欠什么
甚至卖掉衣服、鞋
和最后一份口粮
把叮当作响的小钱留下

走向冬天
唱一支歌吧
不祝福，也不祈祷
我们绝不回去
装饰那些漆成绿色的叶子
在失去诱惑的季节里
酿不成酒的果实
也不会变成酸味的水
用报纸卷支烟吧
让乌云象狗一样忠实
象狗一样紧紧跟着
擦掉一切阳光下的谎言

走向冬天
不在绿色的淫荡中
堕落，随遇而安
不去重复雷电的咒语
让思想省略成一串串雨滴

> 或者在正午的监视下
> 象囚犯一样从街上走过
> 狠狠踩着自己的影子
> 或者躲进帷幕后面
> 口吃地背诵死者的话
> 表演着被虐待狂的欢乐
>
> 走向冬天
> 在江河冻结的地方
> 道路开始流动
> 乌鸦在河滩的鹅卵石上
> 孵化出一个个月亮
> 谁醒了，谁就会知道
> 梦将降临大地
> 沉淀成早上的寒霜
> 代替那些疲倦不堪的星星
> 罪恶的时间将要中止
> 而冰山连绵不断
> 成为一代人的塑像①

在这首诗中，诗人反常道而行之，不以走向温暖春天作为"一代人"的希望与路标，反而提出"走向冬天"，以拒绝"一切阳光下的谎言"，拒绝"在绿色的淫荡中/堕落，随遇而安"，拒绝"重复雷电的咒语/让思想省略成一串串雨滴"，希望借此将人们从"神圣的预言"的幻梦中唤醒，使道路在"江河冻结的地方"开始流动，以"早上的寒霜"代替"疲倦不堪的星星"。其中，"早上的寒霜"这一意象，一方面通过"早上"表现出一种朝气与生命力，另一方面

---

① 北岛：《走向冬天》，选自阎月君、高岩、梁云、顾芳编选《朦胧诗选》，春风文艺出版社 1985 年版，第 32 – 33 页。

通过"寒霜"表达出冷酷而艰难的现实处境，可谓诗人内心意识与
思考的形象表现。而以"冰山连绵不断"作为"一代人的塑像"，其
中，"冰山"这一意象，在词典中的解释为"海洋中漂浮的巨大冰
块"，"由大陆冰川边缘伸出的巨大冰舌断裂，滑落于海洋中形成"，
这或许也正指向诗人对"一代人"处境的认识，即将"一代人"视
为与传统历史/文化发生断裂的一代，但彼此凝结在一起，仍可以生
发出巨大的力量，同时，"冰山"与普照万物的"太阳"的对立，也
体现出某种逆反意识。而"一代人"的使命，或许也正是坚持在艰
难的处境中展开艰苦而有力量的探索。

而除了在那首广为人知的以《一代人》为题的诗作中，提出
"在黑夜中寻找光明"的意旨，顾城在其1981年创作的诗歌《我们
相信——给姐姐和同代人》中，也表现出对"一代人"概念的意识。
诗中写道：

> 那时
> 我们喜欢坐在窗台上
> 听那筑路的声音
>
> 夏天，没有风
> 像夜一样温热的柏油
> 粘住了所有星星
>
> 砰砰，砰砰……
>
> 我们相信
> 这是一条没有灰尘的路
> 也没有肮脏的脚印
>
> 我们相信
> 所有愉快的梦都能通过

走向黎明

我们相信
在这条路上，我们
将和太阳的孩子相认

我们相信
这条路的骄傲
就是我们的一生

我们相信
把所有能够想起的歌曲
都唱给它听……

砰砰，砰砰……

呵，那时，曾经
我们坐在窗台上
听那筑路的声音①

　　在这首诗里，诗人所表现出的，或许更多是"一代人"最初的
美好记忆与希望，而通过对美好的渲染，也更深地表现出对美好失落
的伤痛。通过对"那时""曾经"等代表过去式的词语的强调，表现
出与"没有灰尘""没有肮脏的脚印""所有愉快的梦都能通过/走向
黎明"相对的现实的严酷与黑暗，以"曾经"的"相信"隐含现今
的怀疑，通过描述听筑路的声音时对路的幻想，透视理想与现实的落
差，在充满美感的表达中，使读者更深地感应到"一代人"的痛感，
及潜藏于心中的对美好明天的渴望。

---

① 顾城：《顾城诗全集》，江苏文艺出版社 2010 年版，第 678－679 页。

此外，舒婷则在其诗作《一代人的呼声》中写道：

> 我决不申诉
> 我个人的遭遇。
> 错过的青春，
> 变形的灵魂。
> 无数失眠之夜，
> 留下来痛苦的回忆。
> 我推翻了一道道定义；
> 我砸碎了一层层枷锁；
> 心中只剩下
> 一片触目的废墟……
> 但是，我站起来了，
> 站在广阔的地平线上，
> 再没有人，没有任何手段
> 能把我重新推下去。
>
> 假如是我，躺在"烈士"墓里，
> 青苔侵蚀了石板上的字迹；
> 假如是我，尝遍铁窗风味，
> 和镣铐争辩真正的法律；
> 假如是我，形容枯槁憔悴
> 赎罪般的劳作永无尽期；
> 假如是我，仅仅是
> 我的悲剧——
> 我也许已经宽恕，
> 我的泪水和愤怒，
> 也许可以平息。
>
> 但是，为了孩子们的父亲，

　　　　　为了父亲们的孩子，

　　　　　为了各地纪念碑下，

　　　　　那无声的责问不再使人颤栗；

　　　　　为了一度露宿街头的画面

　　　　　不再使我们的眼睛无处躲避；

　　　　　为了百年后天真的孩子

　　　　　不用对我们留下的历史猜谜；

　　　　　为了祖国的这份空白，

　　　　　为了民族的这段崎岖，

　　　　　为了天空的纯洁

　　　　　　　和道路的正直

　　　　我要求真理！①

　　虽然诗人在诗歌的开头便指出，不会为个人的遭遇申诉，但随即写到"错过的青春""变形的灵魂"和"无数失眠之夜"留下的"痛苦的回忆"，及"砸碎枷锁"后内心的荒芜，意在指出，这些其实并不仅仅是个人的遭遇，而且是一代人共同经历的苦痛与迷惘。因此，"站起来了"的"我"指的也不仅仅是个人，而且是包括诗人自身在内的"一代人"。然后，诗人又通过"假如是我""仅仅是/我的悲剧"，将对同代人苦难程度的描述进一步推进，通过假如仅仅是我的悲剧，"我也许已经宽恕，/我的泪水和愤怒，/也许可以平息"，从反面表达出对"一代人"所受苦难的沉痛与挂怀。最后，诗人作为"一代人"中的一份子，为了对得起为美好明天作出牺牲的过去"一代人"，消除自己这"一代人"的苦难，并且对得起未来"一代人"，发出了"要求真理"的呼声。在诗歌的这种反义论证中，诗人也完成了对作为"一代人"的一份子而发出呼声的必要性与意义的确证与强调，表达出个人作为"一代人"中的一员的使命感。

――――――――

① 舒婷：《一代人的呼声》，选自阎月君、高岩、梁云、顾芳编选《朦胧诗选》，春风文艺出版社1985年版，第83－84页。

　　同时，梁小斌也在其 1980 年的诗作《你让我一个人走进少女的内心》中，对"一代人"有所表达，诗中写道：

　　　　你让我一个人走进少女的内心
　　　　害羞的人们，请在外面等我一会

　　　　让我大胆地走进去
　　　　去感受她那烫人的体温
　　　　和使我迷醉的喁喁私语
　　　　我还要沿着血液的河流
　　　　在她苗条的身体上旅行
　　　　我要和她拥抱得更紧
　　　　让女孩子也散发出男性气息

　　　　说吧，请告诉我
　　　　那在黑暗中孤独地徘徊的是谁
　　　　那由于痴情想奔向美丽星光的是谁

　　　　让我们一起走进少女的内心
　　　　并且别忘记带上两把火炬

　　　　让我们勇敢地走进去
　　　　去发现外面的世界还没有的珍奇
　　　　在这发源心脏的河畔
　　　　我一定会拾到一本书
　　　　这上面没有腐朽的教义
　　　　它启发我怎样和未来去亲吻
　　　　但愿我也有一颗女孩子的心

　　　　让整整一代人走进少女的内心吧

> 当我们再走出来
> 一定会感到青春充满着活力①

　　从"你让我一个人走进少女的内心",到"让整整一代人走进少女的内心",诗作展现出一种颇为新鲜的表达。"少女"这一意象,蕴含着纯真与梦幻的意味,同时包含着充盈的生命力,是一种"美"的象征,而诗人通过表达对"走进少女的内心"的渴望,希以从中得到与"腐朽的教义"相对的,对于"怎样和未来去亲吻"的启发,希望让"一代人"通过"走进少女的内心","感到青春充满着活力"。诗歌通过"一个人"对"少女的内心"的"大胆"的渴慕,从个人的情感中,体悟、生发出对"一代人"能够"勇敢地"重拾纯真、希望、生命活力等美好天性的期待。

　　而在芒克、多多、江河、杨炼等诗人的诗作中,虽然似乎并没有对"一代人"的直接表述,但在其诗歌表达中,也或多或少体现出对"一代人"共同经验的强调。

　　如在芒克的诗作《旧梦》中,可提取出这样的片段:

> 我见你们手拉着手向着道路眺望
> 我问,你们这些兄弟般的小树
> 你们在这里等待着什么
> 看,天快亮了
> 红色的黑暗已到了退却的时辰
> 而她,一个黎明,正远远地随风而来
> 一个黎明像骑在马上,在道路上飞驰
> 我问,你们这些兄弟般的小树
> 你们在这里等待着什么
> 为什么在黎明到来的时刻

---

　　① 梁小斌:《你让我一个人走进少女的内心》,选自阎月君、高岩、梁云、顾芳编选《朦胧诗选》,春风文艺出版社1985年版,第154–155页。

你们仍默不作声？难道是

她来了，她没有给你们带来什么

还是她来了，而不能久留

呵，你们这些小树，你们这些兄弟

我明白了，你们为什么沉默

看，在你们的脚下，叶子已经落了一地

红红的一片，红红的一片

原来，你们是刚刚从血泊中站起①

在诗中，诗人以"兄弟般的小树"这一意象代指有着共同经历的"一代人"，通过"手拉着手"的"眺望"，表现出"一代人"在情感上的相互联结，通过"在黎明到来的时刻"小树们的沉默，及小树们脚下"红红的一片"落叶，表达出"一代人"在历史的转折期，因为曾经经受的苦难与创伤，因为"刚刚从血泊中站起"，而感受到的艰难与迷惘。

而在多多的早期诗作《蜜周》中，也可看到这样的表述：

重画了一个信仰，我们走进了星期天

走过工厂的大门

走过农民的土地

走过警察的岗亭

面对着打着旗子经过的队伍

我们是写在一起的示威标语

我们在争论：世界上谁最混账

第一名：诗人

第二名：女人

结果令人满意

不错，我们是混账的儿女

---

① 芒克：《芒克诗选》，江苏文艺出版社 2015 年版，第 76 – 77 页。

面对着没有太阳升起的东方
我们做起了早操——①

通过对"我们"的一系列表述，诗人以叙述日常的口吻描述了
"一代人"所面对的倒错的现实。一方面，诗歌中"工厂的大门"
"农民的土地""警察的岗亭""打着旗子经过的队伍"等在"一代
人"的日常中随处可见的景象，聚合在一起展现出一种现实感，同
时，将"我们"称作"写在一起的示威标语"，通过"早操"这一具
有起始和成长意味的意象与"没有太阳升起的东方"的相对，显露
出一种荒谬感，体现了"一代人"的成长与时代主流精神之间的错
位；另一方面，"诗人"和"女人"都是追求"美"且情感丰富的
形象，诗人通过对这两种形象冠以"最混账"的称谓，表达出对价
值倒挂的一种反嘲，而将"我们"称作"混账的儿女"，或许也蕴含
着此种意味，即"一代人"的血液与本性里始终存留着对爱与美的
追求。

江河的诗作《从这里开始》中则写道：

我被世界不断地抛弃
太阳向西方走去我被抛弃
影子越拉越长
一条漫长的道路
曲曲折折
把我扭弯
一条巨龙
被装饰在
阴森的宫殿上
向天空发出怨诉
我被抛弃着

---

① 多多：《诺言——多多集 1972~2012》，作家出版社 2013 年版，第 9 页。

> 被炫耀着
> 长城在群山中艰难地走着
> 运河在平原上伤心地流着
> 我被扭弯
> 弯成曲曲折折的年代
> 傍晚
> 紫色的光顺着宫墙流下
> 血泊缓慢摊开
> 石阶
> 闪着寒光
> 一层层一层层
> 白骨
> 被抛弃着被遗忘着
> 风，吹皱了血泊
> 吹皱了傍晚的霞光
> 褶皱的山脉在我身上变化着
> 我仿佛倒在土地上
> 头发，白了
> 在雪山的雾气中颤抖
> 太阳从我脚下升起
> 沿着我的身体向西方走去①

　　在此处，诗歌中的"我"成为民族与"一代人"的代称，通过"我"所经历的"被世界不断地抛弃""被扭弯/弯成曲曲折折的年代""仿佛倒在土地上""在雪山的雾气中颤抖"，诗歌表现出"一代人"的青春与生命在曲折年代中的被抛掷与被压抑，而通过"巨龙"的"怨诉"、"长城"的"艰难"、"运河"的"伤心"，也同时表现出一种民族的痛感。

────────────

① 江河：《从这里开始》，花城出版社 1986 年版，第 35 - 37 页。

　　另外，杨炼的诗作《太阳，每天都是新的》也同样将"我"的概念与"一代人"有所叠加，诗中写道：

> 就让这渴望、折磨和梦想变成力量吧
>
> 像积聚着激流的冰层，在太阳下
>
> 投射出奔放的热情
>
> 我像一个人那样站在这里，一个
>
> 经历过无数痛苦、死亡而依然倔强挺立的人
>
> 粗壮的肩膀、昂起的头颅
>
> 就让我最终把这铸造恶梦的牢笼摧毁吧
>
> 把历史的阴影、战斗者的姿态
>
> 像夜晚和黎明那样连接在一起
>
> 像一分钟一分钟增长的树木、绿荫、森林
>
> 我的青春将这样重新发芽
>
> 我的兄弟们呵，让代表死亡的沉默永久消失吧
>
> 像覆盖大地的雪——我的歌声
>
> 将和排成"人"字的大雁并肩飞回
>
> 和所有的人一起，走向光明①

　　在这一诗段中，诗人以充满激情的语调，通过"我像一个人那样站在这里"这一表述，体现出"一代人"对"人"的尊严的重新获得。"我"的概念被抽象化，不再指向一个单一的、特定的个体，而指向"一代人"中的每一个个体，但同时，每一个个体都不是抽象的，而是一个个完整的"人"、完整的"我"。另外，诗人通过"把这铸造恶梦的牢笼摧毁"、让"我"的青春"重新发芽"、"和所有的人一起，走向光明"这一系列表述，也表达出对"一代人"凝聚成巨大力量反抗现实、共同走向光明未来、充满乐观精神的期待。

---

　　①　杨炼：《杨炼创作总集1978—2015（卷一）——海边的孩子：早期诗及编外诗》，华东师范大学出版社2015年版，第90–91页。

值得一提的是，在"朦胧诗"之前，譬如在 20 世纪 60 年代末、70 年代初食指所创作的更具"革命性"的诗歌中，也清楚地体现出"一代人"的意识。在诗歌《我们这一代》中，诗人写道：

> 啊，道路曲折——
> 我们目光坚定
> 因为我们这一代
> 已经完全看清——
>
> 　　毛泽东的旗帜
> 　　正在标志着
> 　　共产主义道路
> 　　第三个里程
>
> 啊，肩负沉重——
> 我们都还年轻
> 因此我们这一代
> 必将骄傲地看到——
>
> 　　毛泽东的旗帜
> 　　高高飘扬在
> 　　共产主义大厦
> 　　更高的一层①

这一诗段所发出的，是与"朦胧诗"的怀疑与反抗精神所不同的另一种声音，但同时，在对"我们"的表达与作为"一代人"的承担意识上，二者又不无相似之处。或许，这也从另一侧面体现出"朦胧诗"在悖反的同时，与"革命"意识的某种接续。

---

① 食指：《食指的诗》，人民文学出版社 2009 年版，第 58－59 页。

第二节　代际意识的产生：新的
"主体—我们"的建立

　　丹尼尔·贝尔在《资本主义文化矛盾》一书中指出，"对寻找社会中自己位置的个人来说，当具有确认功能的'他者'丧失了他们的意义时，现实便崩溃了。我们时代之所以会浮现出关于现实的社会学问题——就社会定位和身份而言——是因为个人抛弃了旧的精神支柱，不再遵循传统的道路，他们永远面临着选择的困境（对大众来说，选择职业生涯、生活方式、朋友或政治代表的能力是社会历史中的新事件），再也找不到自己的权威标准或批评家了"，因此，个人转而"将自身经验作为真理的标准"，"想找到那些有着共同经验的人，以寻求共同的意义"。这种"一代代人的崛起，作为同一代人的感觉"，正是"现代身份的突出焦点"。但与此同时，"从原来的家庭和阶级定位，转向如今将一代人作为确认的'结构'源泉"，也"产生了身份的新紧张关系"，"这种改变也是'身份危机'的源泉"。①对于"朦胧诗人"们来说，其所面对的时代处境，与丹尼尔·贝尔所指的这种"现代性"处境，其实也颇为相近。

　　在这"一代人"出生之时，革命意识形态已通过阶级理论的普及，对以家族血缘联系为基础的传统社会关系进行了重新编码，虽然如果对此展开细究，会发现在"革命话语"的背后，始终存在着一套隐藏话语，传统的社会关系事实上从未真正瓦解，但至少在公开话语中，社会关系的基础已由"同乡""同族"转为了"同志"。而随着时代的推进，"文革"的发动，经过全国性的"大串联"，及之后"知识青年到农村去，接受贫下中农再教育"的号召，很大

---

① ［美］丹尼尔·贝尔：《资本主义文化矛盾》，严蓓雯译，江苏人民出版社 2012 年版，第 93－94 页。

一部分知识青年都四散到各个"乡下"或是边远地区，少数留在城里的，也要么被卷进运动之中，要么因秩序的混乱而四处游荡，家庭联系进一步被削弱，与此相对的，则是有着共同成长经历的同辈人联系的加深。20 世纪 70 年代初，逐渐冷却了狂热之情的青年人开始寻找新的精神追求，有的偷偷"倒流"回城市"打游击"，有的自发开始了新一轮"串联"，"扒火车"到各个"知青"下放点去游览、聚会。如北岛的胞弟赵振先在回忆中就提到，"七十年代初北京有不少小圈子"，"四中有北岛的圈子，三中有多多、芒克的圈子，清华附中有个圈子，师大女附中有个圈子……"，"圈子虽然不能解决令人困惑的人生问题及诸多烦恼，但它是一个不断旋转的场，人只要进到里边去就会感到被一种强烈的向心力揪住了。那时候大家都在寻找'突破口'，大多数人投身诗歌，像北岛、多多、芒克都是从七十年代初期就开始写诗的，大概这和中国人几千年的诗歌情结不无关系；还有人写小说、研究哲学和美学，很像古希腊那个时候的氛围，诗人自由创作，哲人自由探讨，相互关涉，彼此时有往来。在那个时候，每个圈子各有自己的内部动力，其间自然少不了一些文人相轻，说起来也在情理之中，最重要还是由于意气相投，才使得这些圈子不停地旋转了起来"①。而在这期间，也有一部分知识青年尝试通过积极的劳动，在社会的建设活动中得到自身主体价值的确证。如舒婷曾回忆，1973 年在建筑公司当临时工时，"我心甘情愿地一点一滴磨掉我的学生腔"，"听老师傅叙说生计艰难，和粗鲁的青工开玩笑，在汗水溅下滋滋响的水泥预制场上，操过铁锹，掌过震动器"，"我从来认为我是普通劳动人民中间的一员，我的忧伤和欢乐都是来自这块汗水和眼泪浸透的土地"②；顾城在进入社会的时候，也曾追求成为一颗"螺丝钉"，正如其自身所回忆的那样——"在窒息的夏夜，我穿着大胶靴，昏昏

---

① 郑先：《未完成的篇章》，选自刘禾编《持灯的使者》，广西师范大学出版社 2009 年版，第 71 页。

② 舒婷：《生活、书籍与诗》，选自廖亦武主编《沉沦的圣殿——中国 20 世纪 70 年代地下诗歌遗照》，新疆青少年出版社 1999 年版，第 303－304 页。

然地站在流水线旁，双手不停地翻动上百斤、上千斤的熔糖；我不断地睡着，又不断地被烫醒……在行人稀少的雪天，我赤着膊在街边拉锯……屋里是暖和的，我的师兄弟们，正围着炉子讲可怕的下流故事……我拿着奖状不知所措，短跑第一、铅球第一、先进团员……我一边寻找工会公章，一边镇定地对办理手续的人说：再研究、研究……"① 遗憾的是，诗人们这种融入的尝试并没有真正成功。其后，随着《今天》杂志的诞生，青年诗人们逐渐聚合到一起，生发出一种具有"主体—我们"意味的代际意识。这种"主体—我们"的概念，正如萨特在其存在主义哲学中所阐释的，指向节奏从"我"这里自由地发出，这是"我"通过"我"的超越性而实现的谋划，它把将来、现在和过去综合在一个有规则的重复的景象中，正是"我"创造了这节奏；但是同时，这节奏与"我"周围的具体团体的劳动或步伐的一般节奏整合了，它只通过这团体获得它的意义，并且"我"真正的目的——进行这样的工作，达到这样的地方——是与团体的固有目的没有区别的"人"的目的②。

但正如前文所提到的，这种将一代人作为确认的"结构"源泉的转向，也在"身份"上产生了新的紧张关系，而如何面对这种新的危机，如何在各种不同甚至互不相容的价值取向中作出选择，如何在诚实面对时代的"不谐和性"的同时，建立起属于"一代人"的价值的"一体性"，或许说找寻到"真理"，也成为"朦胧诗"创作中一个无法回避的重要主题。

---

① 顾城：《顾城文选·卷一：别有天地》，北方文艺出版社 2005 年版，第 16 - 17 页。

② ［法］让·保罗·萨特：《存在与虚无》，陈宣良等译，安徽文艺出版社 1998 年版，第 541 - 544 页。

第三节 亲历者的回忆："身份" 互证与"不同的声音"

正如上一节所指出的那样，"一代人"或许更倾向于在有着共同经验的彼此之间寻求共同意义，而对于这一点，在"一代人"对同一时代的各自回忆中，也可觅得踪迹。

其中首先表现出的，是"一代人"对于一直存在的来自时代的压力感的相互确证，谁也不能精准地预测历史走向，这种压力经过亲历者与见证者的相互确证，成了"一代人"所共有的一种精神经历，构成了集体记忆的一个重要组成部分。

其次，是对于"一代人"苦中作乐的浪漫情怀与彼此间融洽关系的回忆。宋海泉在《白洋淀琐忆》一文中曾以颇具诗意的表达回顾其记忆中的这样一个片段："同是天涯沦落人，相逢则是旧相识。只要是插队学生，不论来到哪个知青点，都会受到招待。记得有一年中秋，寨南、淀头、马堡的几个人相约到关城访友，要找的人都回京了，只有一个女孩做河蚌养珠实验而留在村里。她刚从淀里采样回来，风尘仆仆的样子。见到我们很是高兴，立刻动手做了一顿丰盛的晚饭。邀来天津知青，一起大吃一顿。随后又开了一个联欢会，大家尽兴而还。我们在村口分手，沿大堤回家。月儿已升到中天，洒下朗朗清辉，四周的景物被罩上一层朦胧的色彩。我们默默地走着，一片静谧。只有水中的月亮在跳跃，随着粼粼水波化作片片金光。忽然，身后传来歌声，那是她在为我们送行。我们回头望去，月色里已看不见她的身影。"[①] 通过这段描述，知青们感性而真诚的形象跃然纸上，单纯无间的交往方式令人十分感动。北岛也曾回忆起这类"美好时

---

① 宋海泉：《白洋淀琐忆》，选自刘禾编《持灯的使者》，广西师范大学出版社 2009 年版，第 108 页。

刻":"记得我和彭刚、芒克划船去县城打酒,是那种最便宜的白薯酒。回来起风,愈刮愈大,高高的芦苇起伏呼啸。我们一边喝酒,一边轮流奋力划船。第二天,在邸庄插队的朋友那儿过夜。赶早集,彭刚窃得瓜菜一篮,做成丰盛晚宴。酒酣耳热,从短波收音机里调出摇滚乐,彭刚和陈加明欣然起舞。两个精瘦的小伙子像蛇一样盘缠摆动,令人叫绝。入夜,余兴未尽,荡舟于淀上。水波不兴,皓月当空。"① 从中可见,虽然物质匮乏,但青年们并未失去对生活的热情,依然在尽可能的范围里充实着生活的情调。乡下如此,城里亦如是。如李零也在回顾当时北京的"沙龙"时提到,其实所谓的"沙龙",就是一帮如饥似渴的孩子凑在一块儿,传阅图书,看画,听唱片,交换消息。"高兴了,大家还一块儿做饭或下馆子,酒酣耳热,抵掌而谈","当时的我们,都是'时间富翁',不但时间富裕,还不吝时间,走路、骑车,一嘣子出去几十里上百里,一点不嫌累,一点不嫌远。那时,串门经常是挨家串,串哪家是哪家,闲聊神侃时间晚了,干脆睡在人家"②。除了热闹的聚会,还有即兴的远途旅行。如北岛曾在访谈中谈及,芒克和彭刚早年自发组织了一个成员只有他们两人的"先锋派",然后突然决定到全国旅行,"翻过北京站的墙以后就上了火车,身上只带了两块多钱,到了武汉之后才发现没钱,就开始卖衣服卖裤子,在武汉实在待不下去了,在再'扒'火车时,被人家给遣送回来了"③。关于他们的这次行动,其许多友人都曾在回忆中提及,而彭刚自身也在访谈中谈到,这次旅行对他们的人生道路有着"决定性的影响","我回来狂画,猴子狂写,都感到自己受到了侵犯,也就是说,被刺激起来了"④。北京大学教授唐晓峰也曾回忆

---

① 北岛:《彭刚》,选自刘禾编《持灯的使者》,广西师范大学出版社2009年版,第97-98页。

② 李零:《七十年代:我心中的碎片》,选自北岛、李陀主编《七十年代》,生活·读书·新知三联书店2009年版,第247-248页。

③ 刘洪彬整理:《北岛访谈录》,选自刘禾编《持灯的使者》,广西师范大学出版社2009年版,第228页。

④ 亚缩、陈家坪整理:《彭刚、芒克访谈录》,选自刘禾编《持灯的使者》,广西师范大学出版社2009年版,第246页。

自己在 1971 年的一次孤身旅行，他当时的计划是"只身一人取道包头南下穿越鄂尔多斯去延安"，在这次前后六七天的旅行中，他感觉"仿佛隔了一回世"，"自己的身份逐渐简化、净化为一个要饭的，什么'革命''大有作为''唐朝历史'都没用，都忘了。到了延安，见到老同学，再温'志向'一类的豪言壮语，身份才回归过来"，多年以后，他"解读"这次陌路孤行，觉得它仿佛是自己"随后的一场精神变化的净心准备"①。而创办与经营《今天》杂志的过程，更是一段充满理想主义色彩的同舟共济的回忆。如赵振先曾提到："不管你来自何方，也不管是谁，只要你没饭吃，一到了七十六号，准保有一碗热气腾腾的面条端到你面前。这也是一种大锅饭，但是吃起来别有味道，因为来到这里的人都有着共同的心愿：不但要把《今天》继续办下去，而且要办出水平。这一代人太需要一份属于他们自己的文学刊物了。"②《今天》同人李南也在访谈中谈到："在七十六号干活非常有意思。这帮人好，非常爱玩，都放得开。还有就是猴子（芒克）给大家做西红柿鸡蛋面。那会儿是共产主义生活，每到吃饭的时候，大家都搜兜，有粮票的掏粮票，有钱的掏钱。老木头（北岛）还拿了一个录音机去，把他喜欢的曲子都带去，听着音乐干活，很有节奏感地干活。过去很多年了，听到那些曲子，我马上想起《今天》那时干活的情景。"③徐晓也在回忆文章中指出，当时环境虽然艰苦，但"做自己喜欢的事大家都觉得很神圣"④。从这些不同角度的回忆中，也可看出"一代人"在生活与交往中的人文主义色彩与理想主义光芒。

但正如程光炜所指出的，这些被发掘的故事，"试图凸显思想艺

---

① 唐晓峰：《难忘的 1971》，选自北岛、李陀主编《七十年代》，生活·读书·新知三联书店 2009 年版，第 267 – 268 页。

② 郑先：《未完成的篇章》，选自刘禾编《持灯的使者》，广西师范大学出版社 2009 年版，第 77 页。

③ 亚缩、陈家坪整理：《李南访谈录》，选自刘禾编《持灯的使者》，广西师范大学出版社 2009 年版，第 260 页。

④ 徐晓：《永远的五月》，选自刘禾编《持灯的使者》，广西师范大学出版社 2009 年版，第 167 – 168 页。

术活动的神秘色彩（如有的沙龙举办地被讲述成'秘密地点'），在强调对精神自由的渴望和探求的同时，可能还会遮蔽其读书、写作和交友的庸常性质（比如那些'喝酒'、'恋爱'细节就不被重视）"①。在"一代人"的经历中，某些现实的因素或许与其精神追求同等重要（甚至更为重要）。如摄影家鲍昆在其《黎明前的跃动——我看到的七十年代》一文中回忆，在当时，"一些家庭环境比较好的，比如干部子女，并不为生计发愁，他们经常以各种理由返城'休息'。这种休息，其实是一种赋闲的精神活动，因为那时并没有任何可以让他们在城里工作的机会。无所事事的年轻人，于是开始读书、闲聊、逛街、遛公园"②。芒克也曾谈到："我们在一块儿，真是又穷又开心，当然也常闹翻。多多与根子那时就叫劲。因为争一个女孩，又比唱歌，又比写诗。"③ 而除了打发时间与恋爱的因素，其中也有某种追逐潮流、自我表现的成分，正如严力所回忆的那样："当时我们确实以为喝酒打架再加上读诗写诗是最英雄的事。"④ 当然，同时还有各人对自身前途、现实出路的寻求。如林莽曾提到："好多人开始想现实的路，比如转到什么油田、参军、招工回城。这也是时代潮流，像根子就考到中央乐团唱歌。一九七四年下半年，又病退成风，办法是在北京开证明，随便弄个病。然后到县知青办争取他们同情，把你退回北京。"⑤ 同时，关于《今天》后来的解散，芒克也曾指出："'今天文学研究会'是自动消散的。其实在人散之前，心早就散了。许多人想方设法在正式刊物上发表作品，被吸收加入各级作家协会，包

---

① 程光炜：《处在转折期的 70 年代诗歌——70 年代卷导言》，选自谢冕、姜涛、孙玉石等《百年中国新诗史略——〈中国新诗总系〉导言集》，北京大学出版社 2010 年版，第 226 页。

② 鲍昆：《黎明前的跃动——我看到的七十年代》，选自北岛、李陀主编《七十年代》，生活·读书·新知三联书店 2009 年版，第 194 页。

③ 亚缩、陈家坪整理：《彭刚、芒克访谈录》，选自刘禾编《持灯的使者》，广西师范大学出版社 2009 年版，第 247 页。

④ 严力：《我也与白洋淀沾点边》，选自廖亦武主编《沉沦的圣殿——中国 20 世纪 70 年代地下诗歌遗照》，新疆青少年出版社 1999 年版，第 277 页。

⑤ 亚缩、陈家坪整理：《林莽访谈录》，选自刘禾编《持灯的使者》，广西师范大学出版社 2009 年版，第 285 页。

括一些主要成员。"①

此外，无论在城市还是在乡村，隐藏在"公开话语"之下的另一套话语也反复被提及。关于"政治学习"的严肃性在日常生活中的被消解，北岛描述过这样一个记忆中的场景："干了一天活，先抢占有利地形，打盹养神卷'大炮'。除了中央文件和社论，还什么都学，从《水浒》到《反杜林论》，这可难为大字不识的老师傅。而知青们来了精神，读了报纸读文件。那些专有名词在烟雾中沉浮。"②同时，在对"口号"的熟悉与对"阶级理念"的真正执行之间其实也存在着一定的距离。尤其在农村，在具体的劳作中，相比于"政治性"，人们或许还是更看重"实用性"，正如唐晓峰所回忆的："农村里头，无人没有阶级标签，比城里人清楚得多。有些面上的事，是按照标签做的，比如一开大会，就叫四类分子在台下站成一排，村干部先对他们训上几句报纸话，然后开会。可是，一到节骨眼上，到了关键的活儿，就不按标签办了。村里有两个地主最有名，大地主、二地主。春天扶耧（用耧播种），种子入土深浅至关重要，二地主是好手，每年都让他干。盖房子，地基最重要，要坚固而均衡，大地主是好手，叫他干放心。"③ 同时存在的，是传统宗系、族系意识和人情意识在具体生活中的暗部运作，恰如高默波在《起程——一个农村孩子关于七十年代的记忆》一文中回顾自身经历时所谈到的那样，他有政治运动中受批斗的"污点"，却又因为"政治可靠"被推荐上大学，但这二者并不矛盾。被批斗的原因是，当时的大队党支部书记高常银正好是他们族系的人，对立家族的徐从旺借"文革"的机会起来造反，使得高常银被"炮打靠边站"了，徐家人为了寻找罪名打倒高常银，就要他承认他做的那些事都是受高常银指使，后来徐从

---

① 唐晓渡整理：《芒克访谈录》，选自刘禾编《持灯的使者》，广西师范大学出版社2009年版，第240－241页。

② 北岛：《断章》，选自北岛、李陀主编《七十年代》，生活·读书·新知三联书店2009年版，第33页。

③ 唐晓峰：《难忘的1971》，选自北岛、李陀主编《七十年代》，生活·读书·新知三联书店2009年版，第262－263页。

旺造反没成功，高常银也没有官复原职，两人的争斗悄然成为历史，他的被斗事件也就没有意义了。而他被推荐上大学也是因为巧合，是由于当时公社文教组负责推荐大学生的人名叫高常艳，名字与他本名"高常范"的前面两个字一样，而县教育组的选拔负责人正好是高常艳在上饶师专的好同学，误以为他是高常艳的弟弟，就把他给选上了。① 另外，在私下也会有一些与"公开话语"不同的对时局的讨论，这种对两套话语并置的社会现象的目睹与体验，也是"一代人"共有记忆中不可或缺的一个部分。

另外值得一提的是，就如同美国学者斯科特在其论著《弱者的武器》一书中所指出的那样，比起颠覆性的革命，农民们更倾向于维持一种旧有的稍微好一点的利益分配状况（即使同样是剥削性的），偷懒、装糊涂、开小差、假装顺从、偷盗、装傻卖呆、诽谤、纵火、暗中破坏等行为，及与富人相似的，树立道德模范典型，才是他们的普遍抗争手段，即使我们不去赞美这些手段，也应该尊重它们，应该看到在这些看似不道德并且低俗的行为背后的自我保存的韧性，看到一种防止最坏的和期待较好的结果的精神和实践。从一定层面来看，斯科特总结出的这些"弱者的武器"，常常是在过去与现在的某些知识分子的批判视野中出现的。然而，与其他时期的知识分子不同，对于知青们来说，由于其特殊的时代环境与生活体验，他们与这些行为可能离得更近，或者某些知青本身就是这些行为的发出者。在"一代人"的回忆中，盗窃、逃票、打架等，是一部分反叛青年的举动。如韩少功曾提到："一个没有考试、没有课程规限、没有任何费用成本的阅读自由不期而至，以至当时每个学生寝室里都有成堆禁书。你从这些书的馆藏印章不难辨出，他们越干越猖狂，越干越熟练，窃书的目标渐渐明晰，窃书的范围正逐步扩展，已经祸及一墙之隔的省社会科学院图书馆，距此不算太远的省医学院图书馆等。"②

---

① 高默波：《起程——一个农村孩子关于七十年代的记忆》，选自北岛、李陀主编《七十年代》，生活·读书·新知三联书店 2009 年版，第 96～97 页。

② 韩少功：《漫长的假期》，选自北岛、李陀主编《七十年代》，生活·读书·新知三联书店 2009 年版，第 566 页。

而北岛也在回顾与彭刚的交往时谈及，在 1974 年夏天，他们一行六七个人，从北京搭火车混到保定，出站时被抓住，"我们声言在白洋淀插队，没钱。警察不信，挨个搜身。彭刚耍贫嘴，被搜得最彻底，连鞋都脱了。我显得最本分。警察草草了事，放人。而钱都藏在我身上"①。包括在《今天》的早期运作中，也是有赖于这样一种"顺"的行为的辅助，才得以顺利进行，正如芒克所回忆的："第一期稿子很快征齐了。刻蜡纸不成问题，有的是人。困难的是印刷。没有油印机，只好分头找朋友在单位印，带上纸。那时纸控制得很严，买大批纸要证明。好在我当时在造纸总厂工作，就是请朋友们帮助一块儿往外'顺'，这样买了一部分，'顺'了一部分。"② 因此，对于这"一代人"而言，对社会道德和规范的认识与评判或许更为复杂，无法一概而论。

与此同时，需要注意的，或许还有另一些常常被忽视的"不同的声音"，即对于与"知识青年"处于不同立场的农民和工人的立场的关注。

虽然在这一代的"知识青年"中，很多人都有在乡下参与务农或在工厂当工人的经历，但事实上，他们与真正意义上的工人和农民或许还是有着一定隔阂的。有人说《今天》是工人阶级编给知识分子看的杂志，正如舒婷谈及自己在工厂的经历时曾提到的："当我的老师傅因为儿子的工作问题在佛寺的短墙边卜卦，我只是和满山的相思树，默默含着同情，在黄昏的烟雨里听了又想，想了又听。我不会朝他读破除迷信的诗；我宁可在休息时间里讲故事，用我自己的语言，选择适当的情节，讲《带阁楼的房子》《悲惨世界》，并不天真地认为，我的诗能抵达任何心的港湾。"③ 而赵振先也谈及，"北岛那

---

① 北岛：《彭刚》，选自刘禾编《持灯的使者》，广西师范大学出版社 2009 年版，第 97 页。

② 唐晓渡整理：《芒克访谈录》，选自刘禾编《持灯的使者》，广西师范大学出版社 2009 年版，第 236 页。

③ 舒婷：《生活、书籍与诗》，选自廖亦武主编《沉沦的圣殿——中国 20 世纪 70 年代地下诗歌遗照》，新疆青少年出版社 1999 年版，第 304 页。

时候在一家建筑公司当工人，整天抡大锤，后来索性泡起了病假，猫在家里写诗和小说"①。虽然从某种层面上来看，"朦胧诗人"们与这一代"知识青年"相较于普遍意义上的知识分子来说，与农民和工人的距离更近，但隔阂感依然存在，并且几乎不可能完全消除。虽然随着国家工作重心向经济建设转移，工人的生活也渐渐开始改善，但其对于时代与生活的感受，与知识分子的感受或许并不是同步的。另外，高默波也以样板戏为例，谈到不同立场对同一事情的不同感受。他指出，与许多知识分子的记忆相反，样板戏恰恰是他在农村最好的记忆之一，由于样板戏的普及，"我学会了欣赏和演唱京剧，特别是它的唱腔和台词，由此得益一辈子。现在还时不时唱一两段，使我在需要的场合能出个节目。国内外的朋友，包括搞京剧专业的，都会对我这个没有师从的农村京剧爱好者的水平大吃一惊……'文革'前就算有一百个戏吧，但用毛泽东的话来说，那都是给城市老爷们看的。粗略地估计下，当时七亿中国人是农村人，很难说'一亿人一百个戏，七亿人民没有戏'的状况能证明整个中国更有文化生活。况且城镇的一亿人也不是人人都能看上一百个戏"②。因为立场与生活环境的不同，同一时代的不同群体之间可能也有着巨大的记忆差异与截然不同的精神感受。

此外，需要指出的是，在对同一时代的回顾中，同时也存在着对某种诗人行为的不满，以及对知青之恶的表述。如周舵曾在《当年最好的朋友》一文中回顾他与多多的交往与断交，文中谈道："诗人不仅仅是生产诗的人。按照诗人们自己以及热爱诗人的人们的理解，诗人还得有一种异于常人的气质和生活方式。据我的切近观察，大体上说，烟、酒、女人和装疯卖傻，是诗人气质的四大要件。这四件缺少一件，别人就会觉得你不像个诗人，尔后诗人自己也会惭愧起来，赶紧去设法补上。总之，是要把自己弄得愈是不类常人，便愈好，愈

---

① 郑先：《未完成的篇章》，选自刘禾编《持灯的使者》，广西师范大学出版社 2009 年版，第 75 页。

② 高默波：《起程——一个农村孩子关于七十年代的记忆》，选自北岛、李陀主编《七十年代》，生活·读书·新知三联书店 2009 年版，第 97–98 页。

像诗人……眼看着毛头一年一年在变，变得与青春时代愈去愈远。我得说，是变成乱七八糟，莫名其妙、混不讲理。这一半是萨特之流左派'大师'的毒害，一半是因为抽烟酗酒。没过多久，就把毛头（多多）的身心健康几乎彻底毁掉了。这些身心病态的具体事例我绝不讲——我不打算出卖朋友。总而言之，经过无数呕气、和好、破裂、又和好的波折（每次都是我主动寻求和解），我终于忍无可忍，1987年的春节，他在我家大耍酒疯，被我当众撵了出去，从此再无来往。"① 对于知青而言的某些改善生活与表达反叛个性的行为，如果做得过火，从另一层面上看，或许也成了普通村民所受苦难的一种来源。而王小妮也在《七十年代记忆片断》一文中提到，有女知青为了取得回城的机会，就到知青办诬陷当地农民，说自己受到了"迫害"（即强奸），知青办下乡去调查，被告发的农民一听说迫害女知青，马上吓傻了，"一家人都跪在地上喊冤枉，说就是打死他们，也不敢欺负下乡的学生，谁都知道那是挨枪子儿的"② 而与此相对，芒克在其后来以知青生活为蓝本所创作的小说《野事》中，则描述了作为小说主人公的"知青"毛地在不同乡村女性之间周旋的"艳福不浅"的放纵生活。

由此可见，在"一代人"内部，在互证共同经历、寻求共同意义的同时，亦存在着对不同话语、不同立场、不同价值之间的割裂与间隙的观照，而"朦胧诗"中的"不谐和性"，或许既是对"一代人"之间复杂关系的反映，又是对这种在面对"不同"的同时寻求"共同"的矛盾意识的表现。关于这种"不谐和性"在诗歌中的具体表达，下一章将进一步展开论述。

---

① 周舵：《当年最好的朋友》，选自廖亦武主编《沉沦的圣殿——中国20世纪70年代地下诗歌遗照》，新疆青少年出版社1999年版，第212－213页。

② 王小妮：《七十年代记忆片断》，选自北岛、李陀主编《七十年代》，生活·读书·新知三联书店2009年版，第470页。

第二章

"不谐和性":
于"陌生处"照见时代特质

正如上文中所提到的，德国学者胡戈·弗里德里希在其著作《现代诗歌的结构：19 世纪中期至 20 世纪中期的抒情诗》一书中指出，"不谐和音的张力是整个现代艺术的目的之一"，而虽然因为历史环境与诗人个性的差异，"朦胧诗"与西方现代诗歌在表现和追求上并不完全一致，但一方面由于"朦胧诗人"在创作中对西方现代主义诗歌风格的学习与借鉴，另一方面由于同处于社会转型过程中、在时代的转折点上，"朦胧诗"与西方现代主义的时代背景在一定程度上相似，因此，在"朦胧诗"中，诗人们也自觉或不自觉地表达出一种与时代特征相对应的"不谐和性"。而在诗歌创作中不再回避甚至突出这种"不谐和性"的意义，或许也在于，通过深入现实世界的裂隙之中，使诗歌"到达陌生处"，照见隐秘的不可见之物，从而更深刻地表现出时代与个人在精神上的多元性与复杂性。

第一节　集体意识与私人情感

虽然对于"一代人"而言，对共同经历的确证与对共同意义的寻求是其确立自身"主体性"的重要方式，但在个体的实际生活与经历中，个人的具体体验与时代整体精神或许并不总能同步，有时甚至毫不相干，或是背道而驰。刘晓枫在其著作《沉重的肉身》中，分析《牛虻》的革命叙事时指出，一切痛苦都是"私人的"，牛虻的痛苦更多是来自其知晓了自己私生子的身份及自身在恋情上的受挫，其不幸与革命并无关系，不是因为革命才使他遭遇这一切，他的遭遇都是生活中自然而然可能遭遇的；同时，其在阐述基斯洛夫斯基的隐喻叙事时也谈到："社会主义事业有如那班定时开出的火车（历史的必然），某个人与这班火车的个体关系仍然是偶然的。社会主义事业的制度安排也许是一种精致、美妙的理性设计，然而，无论这种社会制度的设计如何完善，都是不切身的，不可能抹去个体偶在绝然属我的极有可能的偶然。在社会制度、生活秩序与个体命运之间，有一条像平滑的镜子摔碎后拼合起来留下的生存裂缝。偶在的个体命运在按照历史进步规律设计的社会制度中，仍然是一片颤然随风飘落的树叶，不能决定自己飘落在哪里和如何落地……无论有多么美好的社会制度，生活都是极其伤身的。"①而在共同经历了特殊时代变化的"一代人"之中，这种私人情感与集体意识、个体偶在性与历史必然性之间的间隙，亦时而存在。对于"朦胧诗"对这种间隙的体现，或许可从抽象的主体性、私人性描述与集体性表达的并置，及对个体与他人之间隔阂感的表达三个方面进行阐释。

一、抽象的主体性

胡戈·弗里德里希在分析法国诗人兰波的创作风格时指出："兰波诗中的我处于不谐和的多声调状态，是那种自我变形的操作行为产物……这个自我可以戴上所有的面具，可以将自己扩展至所有的存在方式、所有时代和所有民族。"② 与之相似，在"朦胧诗"中，对"我"与"我们"的表达也更偏向抽象的范畴，其概念之指向常常处于变化之中，并不总是明确指向诗人自身，或某个具体的群体。而这种抽象的主体性，或许也正是对集体性间隙的一个表现。

正如北岛在其诗作《履历》中写道：

> 我曾正步走过广场
> 剃光脑袋
> 为了更好地寻找太阳
> 却在疯狂的季节
> 转了向，隔着栅栏
> 会见那些表情冷漠的山羊

① 刘小枫：《沉重的肉身》，华夏出版社 2015 年版，第 74 – 84、249 – 250 页。
② ［德］胡戈·弗里德里希：《现代诗歌的结构：19 世纪中期至 20 世纪中期的抒情诗》，李双志译，译林出版社 2010 年版，第 56 页。

直到从盐碱地似的
白纸上看到理想
我弓起了脊背
自以为找到了表达真理的
唯一方式，如同
烘烤着的鱼梦见海洋
万岁！我只他妈喊了一声
胡子就长出来了
纠缠着，像无数个世纪
我不得不和历史作战
并用刀子与偶像们
结成亲眷，倒不是为了应付
那从蝇眼中分裂的世界
在争吵不休的书堆里
我们安然平分了
倒卖每一颗星星的小钱
一夜之间，我赌输了
腰带，又赤条条地回到世上
点着无声的烟卷
是给这午夜致命的一枪
当天地翻转过来
我被倒挂在
一棵墩布似的老树上
眺望①

　　在诗中，作为主体的"我"是一系列动作与行为的发出者，但
从这些动作与行为也可看出，"我"这一主体的内涵并不十分明确，

---

① 北岛：《履历》，选自北岛、江河、舒婷、顾城、杨炼《五人诗选》，作家出版社
1986年版，第198－199页。

其指向是流动的，并没有固定在一个具体的对象上。其中，"正步走过广场/剃光脑袋"表现出一种集体共有的形象特征，"为了更好地寻找太阳"体现出早期充满乐观期待的革命理想，这里的"我"，指向的或许是作为"一代人"的"我们"，抑或是作为"一代人"中的一份子，与同代人有着共同体验的个体；而"疯狂的季节"暗示着特殊的时代背景，"隔着栅栏/会见那些表情冷漠的山羊"，一方面使人联想起知青的乡间生活，想起知青从城市中心向边缘地区四处分散，另一方面通过"栅栏"这一具有阻隔意味的意象和"表情冷漠"这一具有情感倾向的描述，暗示着"转了向"的个体处在群体之中的格格不入之感；"直到从盐碱地似的/白纸上看到理想"，则指向在特殊时代造就的文化荒漠中，开始通过创作表达自身，寻求美好人性的复归，此处所表达的，或许是作为率先勇敢发声者的诗人及其同伴的·种感受，而"弓起了脊背"与之前的"正步"相对，显现出一种反思与写作的姿态，把"自以为找到了表达真理的/唯一方式"比喻为"烘烤着的鱼梦见海洋"，则表现出一种对表达真理的极度渴望，同时，选择使用"梦见"而不是"看见"这一动词，体现出与渴望相对的，现实处境的艰难与机会的匮乏，这也是对时代压力的一种确证；而只喊一声"万岁"，"胡子就长出来"，"像无数个世纪"的纠缠，则暗示了"一代人"青春的不可回返，体现出即使时代进步、思想解放也无法改变、无法挽回"一代人"已经在艰难中抛掷的青春，个体的时间相对于历史长河而言是十分渺小的，但对于个人自身来说，却像"无数个世纪"一样分量沉重；同时，"不得不和历史作战"，"用刀子与偶像们/结成亲眷"，其所指向的，或许是一种与其生长于兹的时代环境、革命传统之间带有反叛性的亲缘关系，正如张闳在《北岛，或关于一代人的"成长小说"》一文中所指出的，诗人所代表的"一代人"与其父辈有着无法割裂的亲缘关系，"一位逆子可以用种种方式和手段反叛自己的父亲，甚至，在极端的情况下会杀死父亲，但并不意味着他从此就一劳永逸地摆脱了父亲的影响"，"怀疑的态度和逻辑上的自我循环也许能有效地驱逐父辈的权力阴影，但在发音的姿态和喊叫的方式上，我们却看见父亲的亡灵在徘徊",在两代人之间,存在着一种"对抗性"的继承关系①;另外,"蝇眼"是复眼,由千万个小眼组成,每个小眼都能独立成像,共同组成其视觉影像,通过"蝇眼中分裂的世界"这一表述,也体现出世界的复杂性与多维性,"不是为了应付",或许也表达出对这种复杂性与多维性的承认与直面;而"争吵不休的书堆",指向的或许是文化界对于新时期文学与思想走向的论争,如颇为激烈的"朦胧诗论争",因此,"安然平分了/倒卖每一颗星星的小钱"的主体,也许正是处在风口浪尖的青年诗人们,平分的"小钱"则指向通过诗歌所取得的成就与影响;而"赌输了","又赤条条地回到世上",或许更倾向诗人自身所感受到的一种挫折感,以及一种随着思考与探索的深入而产生的某种对个体自身内部的回归,在午夜"点着无声的烟卷",也更像是一种个体的独自体验;最后,"我"因为"天地翻转"而"倒挂",在这一表述中,表达出个体在时代中所体验到的一种颠覆感,同时,这一表述或许也指向,在时代的转折过程中,"把被颠倒的东西重新颠倒过来"的过程,"我"的"被倒挂",或许也是对成长于特殊时期的"一代人"在时代转折中复杂处境的一种表现;而"墩布"是北京等地对拖把的称呼,"墩布似的老树"这一意象也颇为奇异,或许包含着某种作为时代的存留者,清理时代残留的污迹,从而为后来者制造出一个更为纯净的生存环境的意味,与之对应的"眺望"这一动作,也是指向作为"未来"的远方。由此可见,在这首诗中,一方面,作为主体的"我"可以被理解为既指向诗人自身,又指向诗人所置身其中的"一代人";而另一方面,从另一角度来看,这个"我"既不能与诗人自身完全等同——因其在对个体体验的表达中传达出某种超越个体的集体性成分,也在对"一代人"的表现中,体现出某种并不能涵盖"一代人"整体特征的个体性。

又比如在舒婷的诗作《祖国呵,我亲爱的祖国》②中,"我"也

① 张闳:《北岛,或关于一代人的"成长小说"》,选自林建法主编《诗人讲坛》,辽宁人民出版社2014年版,第143 – 145页。

② 本段所引舒婷《祖国呵,我亲爱的祖国》一诗诗句选自舒婷《舒婷的诗》,人民文学出版社1994年版,第41 – 42页。

并不仅仅指向诗人自身，或完全代指集体。诗人在诗中先写道："我是你河边上破旧的老水车，/数百年来纺着疲惫的歌；/我是你额上熏黑的矿灯，/照你在历史的隧洞里蜗行摸索；/我是干瘪的稻穗；是失修的路基；/是淤滩上的驳船把纤绳深深/勒进你的肩膊；/——祖国呵！""我是贫困，/我是悲哀。/我是你祖祖辈辈/痛苦的希望呵，/是"飞天"袖间/千百年来未落到地面的花朵；/——祖国呵！"在这两个诗段中，舒婷将"我"与"破旧的老水车""熏黑的矿灯""干瘪的稻穗""失修的路基"和"淤滩上的驳船"这一系列老旧而残损的意象对应，从而将"我"指向"贫困""悲哀"和"痛苦的希望"，表现出包括祖辈与"一代人"在内的对过往苦难的体会。之后，诗人又写道，"我是你簇新的理想，/刚从神话的蛛网里挣脱；/我是你雪被下古莲的胚芽；/我是你挂着眼泪的笑涡；/我是新刷出的雪白的起跑线；/是绯红的黎明/正在喷薄；/——祖国呵！"，将"我"与"刚从神话的蛛网里挣脱"的"簇新的理想"、"雪被下古莲的胚芽"、"挂着眼泪的笑涡"、"新刷出的雪白的起跑线"及"正在喷薄"的"黎明"对应，表现出一种复兴的气象。而最后，诗人则写道，"我是你的十亿分之一，/是你九百六十万平方的总和；/你以伤痕累累的乳房/喂养了/迷惘的我、深思的我、沸腾的我；/那就从我的血肉之躯上/去取得/你的富饶、你的荣光、你的自由；/——祖国呵，/我亲爱的祖国！"，将"我"指为祖国的"十亿分之一"（即十亿人口中的一员）、"九百六十万平方的总和"（覆盖了祖国的每一寸土地），以及被"伤痕累累的乳房"所喂养的"迷惘的""沉思的""沸腾的"一代，表现出承担起复兴责任的担当感。这首一气呵成的诗歌，通过对具有时代感的微小意象的叠加，将作为主体的"我"塑造为一种具有某种宏大意味的象征性的形象，是包括苦难与复兴在内的各种时代精神特征的承载者，但诗中同时又指出，"我"也是作为"十亿分之一"的个体，是承载着"迷惘""沉思"与"沸腾"的个人性情感的"血肉之躯"，而在这一方面，也体现出主体性在象征意味与现实意味间的浮动与跳跃。

除此之外，在顾城的《我唱自己的歌》、江河的《没有写完的

诗》、杨炼的《我们从自己的脚印上……》、方含的《生日》等许多
诗作中，通过主体的抽象性这一特质，个体与集体间的间隙也都有所
体现。

二、私人性描述与集体性表达的并置

除了主体的抽象性之外，在"朦胧诗"诗中，也常常存在着将
私人性描述与集体性表达并置的情况，而在这样一种并置中，个体与
集体间的关联与距离也会自然显现。

如梁小斌在《中国，我的钥匙丢了》一诗中写道：

中国，我的钥匙丢了。

那是十多年前，
我沿着红色大街疯狂地奔跑，
我跑到了郊外的荒野上欢叫，
后来，我的钥匙丢了。
心灵，苦难的心灵，
不愿再流浪了，
我想回家，
打开抽屉、翻一翻我儿童时代的画片，
还看一看那夹在书页里的
翠绿的三叶草。

而且，
我还想打开书橱，
取出一本《海涅歌谣》，
我要去约会，
我向她举起这本书，
做为我向蓝天发出的

爱情的信号。
这一切，
这美好的一切都无法办到，
中国，我的钥匙丢了。

天，又开始下雨，
我的钥匙啊，
你躺在哪里？
我想风雨腐蚀了你，
你已经锈迹斑斑了。
不，我不那样认为，
我要顽强地寻找，
希望能把你重新找到。

太阳啊，
你看见了我的钥匙了吗？
愿你的光芒，
为它热烈地照耀。

我在这广大的田野上行走，
我沿着心灵的足迹寻找，
那一切丢失了的，
我都在认真思考。①

　　在这首诗中，从"十多年前"沿着大街"疯狂地奔跑"和到郊外的荒野上"欢叫"，弄丢了钥匙，到想要用钥匙打开抽屉，看一看"儿童时代的画片"和"夹在书页里的/翠绿的三叶草"，打开书橱，

---

① 梁小斌：《中国，我的钥匙丢了》，选自阎月君、高岩、梁云、顾芳编选《朦胧诗选》，春风文艺出版社 1985 年版，第 148－149 页。

取出里面的"《海涅歌谣》",带上它去约会,这些对生活中具体事物
与场景的描述,都具有一种属于个人生活的私人性意味,同时,通过
"钥匙"丢了,串接起这一系列场景,也建立起一种情节上的合理
性。而通过在"我的钥匙丢了"这一具有生活意味的表述之前加上
"中国"这一诉说对象,这一系列情节都具有了象征意味,使个人丢
失了钥匙的失落感与集体性的对时代的失落感嫁接到一处,从而将
"钥匙丢了"转为一种集体性的表达,体现出"一代人"从狂热到失
落,到渴望,到寻找,再到思考的精神历程。但在赋予这一系列生活
场景与情节象征意味的同时,也减弱了其作为私人体验的实在感,形
成了具有实在性的私人感受与具有象征性的集体体验之间的张力和紧
张感。

又如,在北岛的诗作《雨夜》中,诗人写道:

当水洼里破碎的夜晚
摇着一片新叶
像摇着自己的孩子睡去
当灯光串起雨滴
缀饰在你肩头
闪着光,又滚落在地
你说,不
口气如此坚决
可微笑却泄露了你内心的秘密

低低的乌云用潮湿的手掌
揉着你的头发
揉进花的芳香和我滚烫的呼吸
路灯拉长的身影
连接着每个路口,连接着每个梦
用网捕捉着我们的欢乐之谜
以往的辛酸凝成泪水

沾湿了你的手绢
被遗忘在一个黑漆漆的门洞里

即使明天早上
枪口和血淋淋的太阳
让我交出青春、自由和笔
我也决不会交出这个夜晚
我决不会交出你
让墙壁堵住我的嘴唇吧
让铁条分割我的天空吧
只要心在跳动，就有血的潮汐
而你的微笑将印在红色的月亮上
每夜升起在我的小窗前
唤醒记忆①

在这首诗中，诗人描述了一个雨夜里情人之间的幸福片段，其中，"当灯光串起雨滴/缀饰在你肩头/闪着光，又滚落在地""低低的乌云用潮湿的手掌/揉着你的头发/揉进花的芳香和我滚烫的呼吸"等对场景充满感情的描述，显然都表现出一种具体的、更为私人性的对情感的个人体验。一方面体现出在压抑的时代中，对美好爱情的追求，及追求美好感情的艰难，从"我"为爱而无所畏惧的表现中，生发出一种充满激情的悲壮感；而另一方面，通过对一对情人因对彼此的美好恋情而在一个雨夜感受到"欢乐"，遗忘了"以往的辛酸"，在微笑中泄露了"内心的秘密"的幸福时刻的描述，与压抑的时代环境描写对照，也从另一角度显现出个人感觉与时代整体氛围的并不完全同步，显现出即使处在特殊的时代中，个人也会在生命的某些时刻有着与时代整体氛围并无具体关联的欢乐与苦恼。

---

① 北岛：《履历：诗选 1972～1988》，生活·读书·新知三联书店 2015 年版，第 31-32 页。

　　同时，正如前文所指出的那样，私人的痛苦与集体性的痛感其实并不总是一致的。虽然北岛的诗歌创作风格以其政治性与时代感著称，但诗人也曾在诗歌中表达与时代并无直接关联的与胞妹之间深挚的兄妹之情，及对于失去胞妹一事的深切哀痛。诗人与胞妹珊珊感情深厚，在其 20 岁生日时，还为其创作了诗歌《小木房里的歌——献给珊珊二十岁生日》①。在诗中，诗人一面写道，"为了你，/春天在歌唱/草绿了，花红了/小蜜蜂在酒浆里荡桨。//为了你，白杨树弯到地上/松鼠窜，杜鹃啼/惊醒了密林中的大灰狼。//为了你，乌云筛了筛星廊/雨珠落，水花飞/洒在如痴的小河上。//为了你，风鼓云帆去远航/潮儿涌，波儿碎/拍打着河边的小木房"，透过这一系列充满童话色彩并且极具生命活力的意象，表达出对妹妹纯净心性与青春活力的怜爱；一面又写道，"为了你，/小木房打开一扇窗/长眠的哥哥醒来了/睁开眼睛向外望。//为了你，小窗漏出一束光/他蘸着心中的红墨水/写下歪歪斜斜的字行"，在诗句中突显出这种兄妹情感对于自己的重要价值，通过从"长眠"中"醒来""睁开眼睛"这一表述，表达出妹妹对于自己能清醒地避免麻木、追求美好人性与情感的不可替代的意义，通过"一束光"的"漏出"，又一定程度地与时代背景联结，体现出对自己而言，这种私人间的美好情感对于时代黑暗的撕裂作用，而"心中的红墨水"这一意象，似乎在与流动于个人体内的血液相类比，表达出其创作时内心情感的真诚灌注，"歪歪斜斜的字行"，则在指向自己的诗歌创作的同时，或许也指向自己在现实的艰难处境中，不无颤抖地承受着压力的曲折的精神探索，从而隐喻与亲人间的美好感情正是自己创作与反叛的勇气之源。而在 1976 年，意外的不幸悄然而至。珊珊与几个女孩一起到河里游泳，恰逢上游水库泄洪，湍急的水流卷走了一对小姐妹，眼看妹妹已经消失在旋涡中，珊珊一把抓住姐姐，用尽全力带她游向岸边并把她托上了岸，自己却因为体力不支被水流卷走，到第二天早上，尸体才在河的下游被

---

　　① 本段所引北岛《小木房里的歌——献给珊珊二十岁生日》一诗诗句选自《今天》1979 年第 3 期（诗歌专刊），第 40 - 41 页。

发现。诗人曾在回忆文章中写到自己在面对这突如其来的巨大打击时，那种无法言喻的痛楚："在同班同学徐金波陪伴下，我去新街口文具店买来厚厚的精装笔记本和小楷毛笔，回家找出刮胡刀片。打开笔记本扉页，在徐金波指导下，我右手握刀片，迟疑片刻，在左手中指划了一刀。尖利的疼痛。由于伤口不深，仅沁出几滴血珠，我咬牙再深划一刀，血涌出来，聚集在掌心。我放下刀片，用毛笔蘸着血在扉页上写下：'珊珊，我亲爱的妹妹'，泪水夺眶而出。"① 此后，诗人写下了诗作《界限》②。这是一首较之诗人其他诗作，更难理解其含义的诗歌，或许，这种难以理解，也不乏其中掺杂着更多私人体验的缘故，如果将其与诗人失去胞妹之痛相联系，可能会更容易地进入其中。诗人在诗中写道，"我要到对岸去"，在此处，"对岸"这一意象包含着一种承载着渴望与向往的理想世界的意味。印度著名诗人泰戈尔也曾在其散文诗《对岸》③ 的　开头便写道，"我渴想到河的对岸去"，同时，他抒写着这个自己所渴望的对岸，一方面是"在那边，好些船只一行儿系在竹竿上；／人们在早晨乘船渡过那边去，肩上扛着犁头，去耕耘他们的远处的田；／在那边，牧人使他们鸣叫着的牛游泳到河旁的牧场去；／黄昏的时候，他们都回家了，只留下豺狼在这满长着野草的岛上哀叫。／妈妈，如果你不在意，我长大的时候，要做这渡船的船夫"，通过对平凡而宁静的日常生活景象的描述，体现出一种对生活与家庭的质朴热爱；另一方面，泰戈尔写道，"据说有好些古怪的池塘藏在这个高岸之后。／雨过去了，一群一群的野鹜飞到那里去，茂盛的芦苇在岸边四围生长，水鸟在那里生蛋；／竹鸡带着跳舞的尾巴，将它们细小的足印印在洁净的软泥上；／黄昏的时候，长草顶着白花，邀月光在长草的波浪上浮游。／妈妈，

---

① 北岛：《断章》，选自北岛、李陀主编《七十年代》，生活·读书·新知三联书店2009年版，第42页。

② 本段所引北岛《界限》一诗诗句选自北岛、江河、舒婷、顾城、杨炼《五人诗选》，作家出版社1986年版，第183页。

③ 本段所引泰戈尔《对岸》一诗诗句选自［印］泰戈尔《新月集　飞鸟集》，郑振铎译，湖南人民出版社1981年版，第29页。

如果你不在意，我长大的时候，要做这渡船的船夫"，这一诗段则是
对充满生命活力的自然景象的一系列描摹，无论是"一群一群的野
鹜"、"茂盛"生长的"芦苇"、"生蛋"的"水鸟"，还是竹鸡"跳舞
的尾巴"，无不显露出勃勃生机，而在"长草的波浪上""浮游"的
"月光"，更展现出一种灵动而温柔的美，从而体现出诗人对于纯净
自然的美好天地的向往。而芒克、顾城等"朦胧诗人"们曾在回忆
中指出，泰戈尔的诗歌作品也是诗人们在 20 世纪 70 年代所能接触到
的文化资源中的一种，因此，在北岛诗歌中的"我要到对岸去"，或
许与泰戈尔的"我渴想到河的对岸去"不无共通之处，同样是表达
一种对于温暖人情与纯粹世界的渴望。而在《界限》一诗中，诗句
"河水涂改着天空的颜色 /也涂改着我"这一表述，"河水"作为通
往"对岸"的障碍，或许既包含着吞噬了胞妹生命的河水给诗人的
生活和内心世界带来巨大打击的意味，同时也指向这一打击对于诗
人通往美好生活的阻碍；另外，"我在流动/我的影子站在岸边/像
一棵被雷电烧焦的树"，也仿佛显现出一种受到打击，或是听闻噩
耗后失魂落魄的状态；而最后，在"对岸的树丛中/掠过一只孤独
的野鸽/向我飞来"这一句中，从"对岸"向"我"飞来的"孤独
的野鸽"这一意象，则似乎隐喻着一种来自理想之地的传递着某种
讯息的微弱力量，或许也正指向胞妹舍身救人的义举所遗留下来的
珍贵勇气与美好品性，对于诗人继续追求重返美好人性之理想的激
励力量。而诗人自己也曾在诗歌节中提到，珊珊的死对他打击非常
大，使他之后 40 年没去过湖北这一伤心之地，但可以说，他创办
《今天》杂志和勇敢写诗，都与此有关，在这一过程中，珊珊的死
也"变成了一种生"。而在诗人这一从私人的情感中汲取反叛时
代、勇敢写诗的力量的表述中，也体现出私人感受与集体意识之间
的一种独特张力。

三、对个体与他人之间隔阂感的表达

除了在以上两种表现方式中个体与集体间的"不谐和性"有所体现，在"朦胧诗"中，也时有在诗歌内容上对个体与他人、个体与集体间联系与隔阂的直接抒发。

比如在顾城的诗作《远和近》中，诗人写道：

你
一会看我
一会看云
我觉得
你看我时很远
你看云时很近①

对这首短诗，熊秉明在《论一首朦胧诗——顾城〈远和近〉》一文中作过细致的解读，即在这首诗中，"你"有两个不同的看的对象："云"和"我"。"云"只是被看的客体，而"我"不但是一个被看的客体，还是一个能看的主体。你看云时，我也在看你，这时，你在我的视野之中是一个客体，我可以安然地、自由地欣赏你的存在、存在的形式。并且，我懂得看云的你的心情，我们有一致的爱好，灵犀相通。所以，"我觉得你离我很近"。而当你看我时，情况发生转变，目光后面各有一个活着的自由的主体，两个存在主体都要争取主体的地位，使对方降为客体，变成工具。这是人与人的基本存在的冲突，即萨特所谓"他人即是地狱"。不过，由于诗歌并没有情节，只静静地凝睇，静观对方主体的存在，因此并没有要把对方客体化的意图。由此也可看出新的一代对预置的人的

---

① 顾城：《远和近》，选自阎月君、高岩、梁云、顾芳编选《朦胧诗选》，春风文艺出版社 1985 年版，第 124 页。

定义的否定，及对新的"主体"价值的寻求。① 诗中所表现出的这种"看"，或许正与萨特关于个体与他者关系的经典命题相呼应，即"我"和他人的关系，从根本上来讲是存在与存在的关系，"我"与他人的冲突是恒在的——要么是他人注视"我"，知道"我"是什么，掌握"我"存在的秘密，从而将我对象化，消解我的主体性；要么"我"谋划收回"我"的存在，将他人对象化，同时消解他人的主体性。但同时，当"我"把他人的自由化归己有，"我"便只能触及其对象的存在，他人对"我"的存在的把握将消失，"我"的收回自身存在的把握也就注定失败。正是这样一种控制他人自由的无能，恰恰弥补了"我"把别人作为工具来对待的"原罪"。② 存在主义哲学中关于个体与他者间矛盾关系的这一描述，也为诗中所表现出的个体与他者之间的联系与隔阂感提供了一种哲学性解释。而在诗人的另一短诗《你和我》中，诗人也写道，"你应该是一场梦/我应该是一阵风"③，无论梦还是风，都必须通过对方的感受才能存在，并且只存在于对方的感受之中，其中也体现出个体与个体之间的相互依赖与联系，但与此同时，因为梦和风都是虚无缥缈、无法触摸并且转瞬即逝的事物，因此，从另一面向看，或许这也是对个体之间隔阂感的一种体现。值得一提的是，顾城的《远和近》这首小诗，与 20 世纪西班牙诗人加西亚·洛尔迦的一句诗在内涵上也表现出一定的相似性，即"当我在你身边，我是多么远，当你离开，是多么近！"对于洛尔迦这一诗句的理解，正如胡戈·弗里德里希所指出的那样，"人之间的靠近实际上是远离，这构成了当代抒情诗中的一个常见主题"④。而顾城自身也曾在回忆中提及："我受外国诗人的影响较深。我喜欢但丁、

---

① 熊秉明：《论一首朦胧诗——顾城〈远和近〉》，选自西渡编《名家读新诗》，中国计划出版社 2005 年版，第 244 – 252 页。

② ［法］让·保罗·萨特：《存在与虚无》，陈宣良等译，安徽文艺出版社 1998 年版，第 467 – 526 页。

③ 顾城：《顾城诗全集》，江苏文艺出版社 2010 年版，第 282 页。

④ ［德］胡戈·弗里德里希：《现代诗歌的结构：19 世纪中期至 20 世纪中期的抒情诗》，李双志译，译林出版社 2010 年版，第 162 页。

惠特曼、泰戈尔、埃得蒂斯、帕斯。其中最喜欢还是洛尔迦和惠特曼。有一段我天天读他们的诗，把他们的诗带到梦里去，有些诗是一生读不尽的。"① 从这一联系中，或许也可看出诗人对西方现代诗歌的借鉴与贴近，同时正如前文所提及的，在一定程度上体现出其所置身的时代背景与西方现代性背景的某种相似，体现出其反映"不谐和性"的合理性与必要性。

而舒婷在其诗作《流水线》中，则更多表达出个人与集体间的复杂关系，诗中写道：

> 在时间的流水线里
> 夜晚和夜晚紧紧相挨
> 我们从工厂的流水线撤下
> 又以流水线的队伍回家来
> 在我们头顶
> 星星的流水线拉过天穹
> 在我们身旁
> 小树在流水线上发呆
>
> 星星一定疲倦了
> 几千年过去
> 它们的旅行从不更改
> 小树都病了
> 烟尘和单调使它们
> 失去了线条和色彩
> 一切我都感觉到了
> 凭着一种共同的节拍

---

① 王伟明整理：《顾城访谈录》，选自廖亦武主编《沉沦的圣殿——中国 20 世纪 70 年代地下诗歌遗照》，新疆青少年出版社 1999 年版，第 473 页。

> 但是奇怪
>
> 我惟独不能感觉到
>
> 我自己的存在
>
> 仿佛丛树与星群
>
> 或者由于习惯
>
> 对自己已成的定局
>
> 再没有力量关怀①

对于这首诗的创作契机,舒婷曾在其《生活、书籍与诗》一文中提及:"至今,我总还纳闷着:青年女工的感受谁最有权力判断呀?我闭上眼睛,想起我作为一个青年女工度过的那些时辰。每逢周末晚上,我赶忙换下工作服,拧着湿漉漉的头发,和我的朋友们到海边去,拣一块退潮后的礁石坐下来。狂欢的风、迷乱的灯光,我们以为自己也能飞翔。然而幻想不能代替生活,既然我们不能完全忘却它,我们只有把握它或者拥有它。沉重的思索代替了早年那种'美丽的忧伤',我写了《流水线》。"② 而在"朦胧诗论争"中,有评论文章曾专门就这首诗歌作出了严厉的批评,文章指出:"舒婷在《流水线》所表现的,已不是新社会一个公民对劳动应有的态度了。有人说,她没有写劳动,是写人,而人的异化无非证明了劳动是奴役,这还需要用那种'深奥'得象诗的'现代倾向'论的'理论'才能阐发清楚么?有人说这是写'人的尊严',可是,在讲'人的尊严'时,是否要看人的价值?要是如此这般地讲'尊严',谁也不用吃不用穿,挺立喝西北风成为英雄塑象似的化石就最好了。或者别人不要'尊严'去劳动,他在拥有'尊严'之际坐享其福,那么,这种'尊严'也只有恢复剥削制度才能建立与巩固。持此种'尊严'观者,

---

① 舒婷:《舒婷的诗》,人民文学出版社 1994 年版,第 207 – 208 页。

② 舒婷:《生活、书籍与诗》,选自廖亦武主编《沉沦的圣殿——中国 20 世纪 70 年代地下诗歌遗照》,新疆青少年出版社 1999 年版,第 305 – 306 页。

看看这种'尊严'，到底应该为之骄傲？还是为之羞愧啊！"① 其实，舒婷在这首诗中所表现出的，自己在"流水线"上感觉到处于"我们"之中"我"的自我存在的丧失，或许也是一种对具有"现代性"意味的"不谐和性"的感应。正如美国学者丹尼尔·贝尔在其著作《资本主义文化矛盾》中所指出的，"社会不是整一的，而是断裂的；不同领域回应着不同的规范，有着不同的变革节奏，也由不同的甚至相反的轴心原则所支配"，其中，"在现代社会中，技术领域的轴心原则是功能理性，其调节模式是经济化。从本质上来说，经济化意味着效益、最低投入、最大回报、最大限度利用、最优选择和关于雇用和资源混合的相似判断标准"，因此，"人变成了一样东西或一个'物'，这不是因为企业是非人性的，而是因为工作任务的完成必须服从于组织的目的"，而在文化领域，则"总是存在着回归"，"回到那些对人类生存苦恼的关注和疑问上。尽管答案会有变化，而提问方式也可能衍生于社会的其他变革。不同时期，答案会变化，或它们可能以新的审美形式出现。但是，没有变化的清晰'原则'"②。因此，与之相似，舒婷在"流水线"上所感受到的苦恼，或许也并非批评者所指出的对劳动的不屑，并非想要通过牺牲他人的尊严来维持自己的尊严，而是通过其自身体验，随着诗人思考的深入，及其人文追求的不断强化，从而在情感上表现出对在经济领域强调效率与在文化领域强调自我实现这种社会领域的分裂的一种体验与回应，并通过自身的创作，将其真诚地反映在自己的诗作之中。

---

① 周良沛：《殊途同归——读舒婷几首诗有感》，选自姚家华编《朦胧诗论争集》，学苑出版社 1989 年版，第 301 页。

② ［美］丹尼尔·贝尔：《资本主义文化矛盾》，严蓓雯译，江苏人民出版社 2012 年版，第 9 - 11 页。

第二节 "超人"意识、"普通人" 形象与非人形象

除了体现个人在时代中复杂的处境，在"朦胧诗"中，还表现出"超人"意识与"普通人"形象和非人形象之间的"不谐和性"，而在一定程度上，这种"不谐和性"也表现为启蒙意识与反启蒙意识间的拉锯。

首先，在诗歌中，"超人"意识与"普通人"形象之间的复杂关系一方面表现为对"受难者"与"献身者"形象的塑造，另一方面表现为要求成为"一个负责任的行动者"。

经历了"文革"的知识分子群体，包括一代"知识青年"，在自我表达中，或许也对一种"革命话语"的表达方式有所继承，他们给自身赋予一种"拯救者"式的使命，须为其所担负的责任而承受苦难，继而在对"伤痕"与"苦难"的诉说与回忆中，寻求自己所属群体的启蒙性地位。正如赵世坚回顾自己在"四五运动"中的经历时谈及，因为自己曾经参与到"天安门事件"中，后来得到"英雄"的称号，被邀请去做演讲，演讲会上，其他演讲者都就自己所受的苦难谈得十分激动，但他觉得自己在当时的表现是正义感、虚荣心、泄春火各占三分之一，并没有什么"英雄主义"气概，就把自己的想法照实谈了，结果他们这个小组原本要讲十多场的，到第三场就没再通知他[1]。而在"朦胧诗"中，同样也存在着这样一种对"受难者"形象的塑造。正如赵振先在其发表于《今天》杂志第 4 期的评论文章《评〈伤痕〉的社会意义》[2] 中指出，一篇全部以社会冲

---

[1] 阿坚：《我在"四五事件"前后》，选自北岛、李陀主编《七十年代》，生活·读书·新知三联书店 2009 年版，第 228 – 231 页。

[2] 以"史文"为笔名。

突为情节的作品，不能以人生主题的悲剧取代对社会问题的思索，《伤痕》作为社会题材，却因为没有表现出社会冲突，从而与其他任何时代的作品没有了区别，同时，作者也就此向青年一代的作家提出这样的期待，即"借助于思想的射线，窥见那颗跳动的、殷红的时代之心，而不是以治愈'伤痕'为满足"①。从这一评论或许可看出，《今天》同人通过对"伤痕"的表现来反映时代特征、表现社会冲突的一种创作理念。耿占春在其著作《失去象征的世界——诗歌、经验与修辞》中也指出，"围绕着《今天》的诗人们最初的抒情主体的想象性身份具有社会真实的象征性：比如北岛诗歌中的反抗者，受难者，有时北岛在受难者的身份中融合了审判者，他在诗歌话语中建构了一个道义的法庭，以接受逼问的方式进行宣判与挑战。这些身份把诗人和他的诗歌通过修辞学把他们置身其中的世界想象为或者塑造成关于反抗与受难的戏剧，以独特的方式把他们生活于其中的历史戏剧化，他们的诗人使命在这样的戏剧结构中承担着想象的然而具有真实性的社会批评功能"，同时，"消解革命象征主义和政治神话是这一时期诗歌话语的特征"②。

而与之相对的，是对"普通人"价值的追求，表现出作为一个"普通人"，对强加于自身的单一意志、思想控制与规训的拒绝。正如英国学者以赛亚·伯林在其著作中指出的："我试图避免的仅仅是被忽视、被庇护、被轻视，或被想当然地对待而已——一句话，我不被当做一个个体，具有我的未被充分认识的独特性，而是被分类为某个没有特征的集合体的成员，一种统计单位，没有我自己可以识别的、特殊的人的特征与意图。这就是我要奋力反对的贬抑。我寻求的并不是法律权利的平等、做我愿做的事的自由（虽然我也想要这些东西），而是一种在其中我能够感觉到我是（因为我被视为）一个负责任的行动者的状况。这个行动者的意志之所以被考虑到，是因为值

---

① 史文：《评〈伤痕〉的社会意义》，载《今天》1979 年第 4 期，第 79 – 80 页。
② 耿占春：《失去象征的世界——诗歌、经验与修辞》，北京大学出版社 2008 年版，第 107 – 108 页。

得考虑，即使我因为成为我自己或选择做我愿意做的事而遭受攻击或迫害……因此，当我要求，譬如说，从政治的或社会的依赖状态中解放出来的时候，我所要求的是那些人对我的态度的改变，这些人的意见与行为有助于确定我自己的自我形象。"他同时指出，这种要求被视为"一个负责任的行动者"的状况，并不等同于个人自由，只是一种"承认的需要"①。对于长期被某种"革命意志"所压抑的"一代人"来说，被视为"一个负责任的行动者"或许还是有着不可绕过的重要性，及难以拒绝的吸引力。

而关于这二者之间的张力，也可通过对"朦胧诗"具体作品的分析有所体会。

如北岛在其诗作《结局或开始——献给遇罗克》② 中写道，"我，站在这里/代替另一个被杀害的人/为了每当太阳升起/让沉重的影子像道路/穿过整个国土"。这首诗的诗题中所提到的遇罗克，在 1968 年，被林彪、"四人帮"把持下的法庭扣上"大造反革命舆论""思想反动透顶""阴谋进行暗杀活动""组织反革命小集团"等罪名，在 1970 年被判处死刑。到 1979 年，他终于获得平反，北京市中级人民法院宣告他无罪。因此，北岛这首诗中所指的"另一个被杀害的人"，就是遇罗克。同时，除了这首诗之外，北岛还以《宣告》为题写了一首诗，在副标题上同样注明了"献给遇罗克"，由此亦可看出诗人对遇罗克"英雄"举动的尊敬，及对其被"杀害"的愤慨与叹惋。在诗中，诗人一方面塑造出一个"代替另一个被杀害的人"的英雄形象，他因为"诚实遵守着/一个儿童的诺言"而受难，"与孩子的心不能相容的世界"因此再也没饶恕过他。同时，他还写道，"我，站在这里/代替另一个被杀害的人/没有别的选择/在我倒下的地方/将会有另一个人站起/我的肩上是风/风上是闪烁的星群"，"我"不吝作为"献身者"，不吝用自己的鲜血去开拓一个美好的明

---

① ［英］以赛亚·伯林：《自由论》，胡传胜译，译林出版社 2011 年版，第 204－207 页。

② 本段所引北岛《结局或开始——献给遇罗克》一诗诗句选自北岛《履历：诗选 1972～1988》，生活·读书·新知三联书店 2015 年版，第 48－52 页。

天，用自己的身躯代替"另一个被杀害的人"，在他倒下的地方，又会有另一个人站起，而作为不屈的战士中的一员，"也许有一天/太阳变成了萎缩的花环/垂放在/每一个不屈的战士/森林般生长的墓碑前/乌鸦，这夜的碎片/纷纷扬扬"，但即使只剩乌鸦和夜晚与自己的墓碑相伴，也在所不惜。虽然诗人也写道，"必须承认/在死亡白色的寒光中/我，战栗了"，指出"谁愿意做陨石/或受难者冰冷的塑像/看着不熄的青春之火/在别人的手中传递/即使鸽子落在肩上/也感不到体温和呼吸/它们梳理一番羽毛/又匆匆飞去"，但他随后便又指出，"没有别的选择"，只能站起来承担，而这种即使恐惧也对着苦难迎上的担当意识，在一定程度上更是促成了对其所塑造的这一"英雄"形象的升华。另外，诗人也在诗歌中表达要做一个普通人，过普通生活的愿望——"渴望在情人的眼睛里/度过每个宁静的黄昏"，"在摇篮的晃动中/等待着儿子第一声呼唤"，"在草地和落叶上/在每一道真挚的目光上/我写下生活的诗"，而对这一渴望的表达，既映衬出具有承担意识的"超人"形象的存在意义，又表现出"普通人"想要在特殊的时代中过自己想要选择的"普通生活"的艰难性，表达出想要在自己所选择的普通生活中被爱，被作为独立的个体，而不是集体中没有特征的成员来看待的渴望。

而在多多的诗作《能够》中，诗人写道：

> 能够有大口喝醉烧酒的日子
> 能够壮烈、酩酊
> 能够在中午
> 在钟表滴答的窗幔后面
> 想一些琐碎的心事
> 能够认真地久久地难为情
>
> 能够一个人散步
> 坐到漆绿的椅子上
> 合一会儿眼睛

> 能够舒舒服服地叹息
> 回忆并不愉快的往事
> 忘记烟灰
> 弹落在什么地方
>
> 能够在生病的日子里
> 发脾气，做出不体面的事
> 能够沿着走惯的路
> 一路走回家去
> 能够有一个人亲你
> 擦洗你，还有精致的谎话
> 在等你，能够这样活着
>
> 可有多好，随时随地
> 手能够折下鲜花
> 嘴唇能够够到嘴唇
> 没有风暴也没有革命
> 灌溉大地的是人民捐献的酒
> 能够这样活着
> 可有多好，要多好就有多好！①

在这首诗中，虽然诗人并未提到英雄形象，只书写了一种其所渴望的普通生活，但与"能够这样活着/可有多好，要多好就有多好！"这一表述相对的，或许是一种与之相反的现实，是与诗歌话语相反的另一套话语，暗示在现实中"不能够"这样。同时，诗人在诗中提及的，对在日常生活中做出一些不合时宜的行为，或并不崇高的行为的渴望，如"想一些琐碎的心事""回忆并不愉快的往事""忘记烟灰/弹落在什么地方""在生病的日子里/发脾气，做出不体面的

---

① 多多：《诺言——多多集 1972～2012》，作家出版社 2013 年版，第 22 – 23 页。

事"，也体现出对于被当作"一个负责任的行动者"的渴望，体现出对于能够自主选择做自己愿意做的事，而不因为这种选择与意识形态、时代精神，或某种崇高理念不合而被责难的渴望。

另外，在塑造"受难者"形象的同时，在"朦胧诗"的某些诗歌中也时而存在着一种通过将受难者与非人形象相类比，所生成的对"伤痕"作为英雄"受难"标志的重大意义的消解，而这两种"受难"话语的相互作用，也使诗歌呈现出一种独特张力。

如食指在其1978年创作的诗作《疯狗》中一方面写道，"受够无情的戏弄之后，/我不再把自己当人看，/仿佛我成了一条疯狗，漫无目的地游荡人间"，此处不仅没有将受难的主体作为英雄，还直接将"受够无情的戏弄"的自己比作一条疯狗；而另一方面，诗人又表示，"我还不是一条疯狗，/不必为饥寒去冒风险，/为此我希望成条疯狗，/更深刻地体验生存的艰难"，此处希望变成一条疯狗，"更深刻地体验生存的艰难"，在这一层面，有种主动受难的意味。同时，诗人又指出，"我还不如一条疯狗！/狗急它能跳出墙院，/而我只能默默地忍受，/我比疯狗有更多的辛酸"，"假如我真的成条疯狗/就能挣脱这无情的锁链，/那么我将毫不迟疑地，/放弃所谓神圣的人权"[①]，此处表示如果能挣脱锁链，就算放弃人权，真的成为疯狗也在所不惜。这一激烈的表述，既体现出处在极度压抑的环境中，又表达出一种反崇高的意味，即一种即使与时代指向不合，与崇高的精神及价值观相悖，也要挣脱束缚的反叛精神。而诗中将"疯狗"与"受难"相对，也表现出对"受难"的崇高意味的消解。但与此同时，诗中所表现出的这种极致的反叛性，或许也从另一层面显现出一种英雄主义气质。

而与之相似，在黄翔于1968年创作的诗作《野兽》中，诗人也写道：

---

① 本段所引食指《疯狗》一诗诗句选自食指《食指的诗》，人民文学出版社2009年版，第88页。

　　我是一只被追捕的野兽
　　我是一只刚捕获的野兽
　　我是被野兽践踏的野兽
　　我是践踏野兽的野兽

　　我的年代扑倒我
　　斜乜着眼睛
　　把脚踏在我的鼻梁架上
　　撕着
　　咬着
　　啃着
　　直啃到仅仅剩下我的骨头

　　即使我只仅仅剩下一根骨头
　　我也要哽住我的可憎年代的咽喉①

　　诗中，诗人也是将"受难"的自己比作一只"被追捕""刚捕获"的"野兽"，被"我的年代"所"扑倒"，被践踏在脚下，撕咬到只剩骨头。而最后，即使只剩一根骨头也要哽住"年代的咽喉"这一表述，也同样表现出一种激烈的反叛性。另外值得一提的是，在这首诗中，通过"我是被野兽践踏的野兽/我是践踏野兽的野兽"这一表述，诗歌也体现出在异化的时代中，个体既是受害者又是施害者的双重形象，体现出对于时代之"恶"，时代中的个体不能以"受难"为由使自己自免于其中。

---

① 黄翔：《野兽》，选自陈思和、李平主编《当代文学100篇》（上），学林出版社1999年版，第489页。

第三节 自由意识与整体性追求

"朦胧诗人"们身上所具有的反叛性，及其对自由呼声的发出，一方面，是由于个体自由被压制，由于自身作为独立的、有思考能力和感情的个体，个人"理性"和"创造性本性"被忽视；另一方面，在反抗压制的同时，或出于策略性的考量，或由于激情的推动，"反抗"的神圣意义有时会盖过个体多样的现实需要本身，"反抗"的声音时而又指向另一种，对于"一代人"或"我们"的整体性有所强调的自由，抑或，指向一种更偏向于概念意义而非现实意义的自由，即表现为对过去的广泛的自由概念的一种物理性的颠倒，而并非化学性的解构。

而在"朦胧诗"中，这种对自由的追求与对压制的反抗，一方面表现为拒绝自我概念的被虚构，但同时这种拒绝又以一种集体性的，或者以因反叛而获得的更高的立场发出；另一方面表现为在追求自由的同时，又将"自由"这一概念视为一种新的"旗帜"，或新的完全压倒其他价值的统一方向。

一、对"人"的定义权的争夺

正如前文指出，"朦胧诗"中的反抗性，一方面表现为对自我概念被虚构的拒绝，而这种拒绝，其实也表现为一种对"人"，即主体的定义权的争夺，通过对主体意义的再定义，争取一种与自己所认可的主体意义相对应的自由。但这种对定义权的争夺，或许同时也会或多或少地导向另一种对自我概念的理想化定义，从而使其所追求的"自由"也产生出某种间隙。

　　比如，在田晓青的诗作《虚构》① 中，即表达出个体自我对于被"虚构"的承受与拒绝。诗人在诗中写道，"言辞模拟着岁月的变迁/历史，一个虚构的故事/在这个故事里/我被虚构"。这一诗句，通过"言辞"与"故事"这类具有书写与编织意味，同时与现实生活相对的表述，体现出整体性话语所建构的历史故事，或整体时代精神对个人精神与意义的虚构。而对于这种虚构所带来的阴霾与恶果，诗中先是将其描述为一种深重而无法排解的黑暗，"狭窄的地平线/标志出世界的边缘/太阳从那里沉落/留下重重黑暗/当它再度升起/却没有带来新的一天"，生存的空间被"狭窄的地平线"所压缩、所规限，而即使是"太阳"的再度升起，也不能"带来新的一天"，或者说带来改变与希望。同时，个体的独立存在感也被消解，"空旷的世界/充满着回声、阴影和谣传"，诗句以"空旷"与"充满"相对，体现出在这一世界中，一面是精神的虚空、生命感的匮乏，令人感受不到属于生活的热闹气息，一面是"回声""阴影"和"谣传"等一系列并不真实甚至有所扭曲的，包含着附属与服从意味的与个体独立性相对的事物，对时代精神和个人精神世界的"充满"与弥漫。此外，还有一种生命力的流失，"永远是黄昏/以至阳光都在腐烂/它变成磷火/变成为死者引路的灯盏/而血却是新鲜的/它谎骗着，发出腥气/似乎比生命更真实"。其中，"黄昏"这一意象指的是从日落以后，到天完全黑下来之前的这段时间，是白昼与黑夜的交替阶段，包含着一种迈向沉沦、衰老与死亡的意味，而永远的黄昏，则仿佛指向一种半生不死的煎熬状态，既无法感受到白昼的温暖与活力，又无法彻底地沉入彻底宁静的黑暗。另外，以"腐烂"与富于生命意味的阳光相对，同时引用"磷火"（一种生命腐烂时产生的气体自燃所生出的火焰）这一意象，更显现出一种生命力与生命感觉的流失与腐坏；"为死者引路的灯盏"，其导向的也是惨淡而虚空的死后世界；而"新鲜"的"血"这一意象，则或许指向对某种狂热理想或理念的赤诚，一种激越昂扬的精神状态，但它或许只是一种并不美好的欺骗，是

————————

① 本段所引田晓青《虚构》一诗诗句选自《今天》1980 年第 9 期，第 39－40 页。

"发出腥气"的"谎骗"；"似乎比生命更真实"这一表述中，"似乎"一词所指向的，也是其对生命感觉的压制，和实质上的虚幻性。同时，"我"的轮廓仿佛要将"我"取代，"深深的洞穴/我的轮廓被落日投射在石壁上/阴森地晃动/神秘而庄严/似乎比我更真实"，通过"投射"这一具有依据需要将个体特征转移到他者身上，或是把个体的想法加到他人身上的意味的表述，显现出一种对个体独特性的遮蔽，而"石壁"这一意象，也蕴含着一种冰冷感和僵硬感，体现出个体价值与意义的被固化与被禁锢，"神秘而庄严"这一描述，则或许正指向革命话语或时代主流话语对于前文所论述的"高级的"自我的塑造，随后的"似乎比我更真实"这一表述，也与前文的分析相似，表达出"理想的""高级的"自我对现实自我的取消，及其实质上的并不真实。而"我"对于这种被虚构的处境，对于这种虚构所带来的黑暗，无论顺从还是挣扎，都难寻出路。当"我"选择顺从时，"于是我相信这一切/相信影子、血和死亡/我被虚构出来/似乎只是为了证明它们的实在/它们喧嚣着泛起/把我淹没"，我的存在会被虚构出的概念所"淹没"；而当"我"选择反抗时，"我发出抗议/但是我的声音背叛了我/我的姿势背叛了我/我被扭曲/被冻僵在冰冷的底座上/变成了苍白的回忆"，已经养成的来自时代环境的习惯与表达方式会束缚着"我"，使"我"因为早已"被扭曲"，而只能眼看着自己被固化成一种概念中的一个组成，此处"冰冷的底座"这一意象，指向的或许是一种陈设雕塑等展览品的物件，而诗句中所描述的"我"被"冻僵"在此之上，或许也显现出一种被雕塑，或是被编织、被定义的自我形象的被展览。因此，面对这种仿佛无路可走的困境，诗人感到，"也许，我不得不死/为了结束虚构/为了在真实的阳光中醒来/重新认出自己"，表达出一种向死而生的愿望，希望在与虚构同归于尽之后，彻底地重生，重新树立自己的主体价值，而此处所指的"死"，或许也是指向一种对过去的整个自我的彻底否定。从中可见，一方面，诗人在这一诗作中表现出"自我"在面对被虚构的处境时的挣扎过程，表达出对个体独立性与独特性被承认的渴望；另一方面，与"历史""世界"等具有宏大意味的语词相对，诗中的"我"或许也同时指向一种"我们",指向一种"一代人"的共同体验,从而带有一种与个体性相对的普遍性意味,在对虚构的拒绝中,又不自觉地建构出一种饱受折磨,不惜与过去的一切告别以反抗虚构的主体形象,虽然这一主体形象与其所拒绝的虚构形象相比,具有更高的真实性,但正如死而复生的无法实现,或者说与过去彻底告别的期待的难以完成,这一形象中也多少包含着一种理想性的意味,包含着一种高于现实普通个体的精神上的戏剧性成分。

二、作为"旗帜"的自由

除了对主体性被虚构的拒绝,在"朦胧诗"中,也存在着对于追求自由这一理想的直接表述,但同时,自由被当作理想的表述,又使其所追求的这种自由成了一面神圣的"旗帜",或重要的方向,指向一种更美好的生活,或更光明的未来,而并非仅仅是恢复个体自我选择的权利。

如江河在其诗作《纪念碑》① 中便写道,"罪恶终究会被清算/罪行终将会被公开/当死亡不可避免的时候/流出的血液也不会凝固/当祖国的土地上只有呻吟/真理的声音才更响亮",通过"终究""终将"等指向未来且具有确定性意味的表述,体现出一种对发展与进步的确信感与乐观精神,同时,以"更响亮"的"真理的声音"与"呻吟"相对,也体现出一种对苦难的价值赋予,即将苦难视为推动反抗、追求真理的力量之源,使这种苦难具有更深沉的意味。在此段之后,诗人又写道,"既然希望不会灭绝/既然太阳每天从东方升起/真理就把诅咒没有完成的/留给了枪/革命把用血浸透的旗帜/留给风,留给自由的空气/那么,斗争就是我的主题/我把我的诗和我的生命/献给了纪念碑"。其中,两个"既然"相并列的表述与前面所表达的对于美好明天的信心相对,继而引出一条抵达这一明天的必然道路,即

---

① 本段所引江河《纪念碑》一诗诗句选自阎月君、高岩、梁云、顾芳编选《朦胧诗选》,春风文艺出版社1985年版,第190–192页。

用"枪"，或者说用激烈的斗争方式，去完成"诅咒"这一相对软弱的斗争方式所没有完成的对真理的追求；同时，诗人将"风"这一具有迅速传播、流动意味的意象和"自由的空气"（或者说自由的生存环境）与革命的"用血浸透的旗帜"联系在一起，体现出这种"风"和"自由的空气"其实也是对真正的革命意志的继承，从而进一步引申出"斗争"这一精神和生活主题。另外，关于"纪念碑"这一意象的内涵，正如诗人在诗作中所指的，"我常常想／生活应该有一个支点／这支点／是一座纪念碑"，"整个民族的骨骼是他的结构／人民巨大的牺牲给了他生命／他从东方古老的黑暗中醒来／把不能忘记的一切都刻在身上／从此／他的眼睛关注着世界和革命／他的名字叫人民"，因而诗作结尾所表述的，要将自己的诗和生命献给纪念碑，也表达出一种为了民族和人民献身的精神，与一种通过斗争来追求真理，从而成为"一代人"精神支点中一个组成的担当感。在诗人这段赤诚而激昂的自白之中，一方面饱含着对民族与人民的热爱，以及对"自由的空气"的积极追求；另一方面也显露出一种对具有必然性和整一性的真理与未来的追求，树立起一种似乎颇为明确，但同时又具有某种抽象性的方向，而在一定程度上，"斗争"的意义甚至盖过了这种方向，成了"我"的精神主题，方向反而成为一种附属的、确定"斗争"价值的对应物，因此，诗中所指的对"自由空气"的追求，或许也更多是指向一种"旗帜"性的内涵，而非具有多样性的、更为现实的某种生活取向。

而相对于江河在《纪念碑》中对"斗争"的强调，在梁小斌的诗作《节奏感》[①]中，自由则被诗人称作一种在自我灵魂中已经萌发的节奏。诗中写道，"是血管里进进了自由的音符／我们灵魂里萌发了一种节奏"，通过将自由与"节奏"这一具有内在规律意味的语词相联系，体现出自由已成为一种内在于个体灵魂或精神的活动方式和组织模式。这种自由的节奏在"我"的生活中表现为——"清晨上

---

① 本段所引梁小斌《节奏感》一诗诗句选自阎月君、高岩、梁云、顾芳编选《朦胧诗选》，春风文艺出版社1985年版，第162页。

班，骑上新型小永久/太阳帽底下展现我现代青年含蓄的笑容/闯过了红灯/我拼命把前面的姑娘追逐"，其中，"清晨"与"新型"永久单车渲染出一种精神振奋、焕然一新的感觉，"含蓄的笑容"这一描述隐含着一种与过去直白的革命激情的表达方式的对应，为了追逐姑娘而闯过红灯的这一表述，则体现出一种在读者看来，仿佛是为了爱情而打破规则的冲动。可随后，诗人又自白道，"警察同志，这不是爱情，但是我控制不住/我的灵魂里萌发了一种节奏"，从而将这种感觉的定义扩散到爱情的范围之外，指向一种与爱情相似的，具有强烈吸引力和兴奋度的感觉，而将这种感觉与灵魂中的自由节奏相关联，也体现出这种节奏对自己的强烈刺激与影响。同时，在"我"的工作中，"我干的是粗活，开着汽锤/一只悠闲的腿在摆动/而那响亮的汽锤声一直富有弹性和力度/连我的师傅也很羡慕"，"粗活"与"悠闲"、"悠闲的腿"的摆动与"富有弹性和力度"的"响亮的汽锤声"的对应，也体现出这种节奏在"我"的精神与感觉系统中所产生的震荡，使"我"得以举重若轻、活力充沛，而在"我的师傅不会懂得，我模拟的是圆舞曲的小舞步/我的灵魂里萌发了一种节奏"这一表述中，诗人更进一步表达出精神世界的充实与自由对于减轻现实压力、生发出生命能量的重要作用。此外，在诗人看来，这种节奏也不应仅仅是个人的，而应该是国家与民族的一种前进方向，他就此写道，"当黄昏我看见一位苍老的人拉着沉重的圆木/他唱着沉缓的曲调令我难受/我的沉缓中行进的祖国/我迎着晚风，按照我固有的节奏走在了前头/我的亲爱的祖国，亲爱的祖国/我的灵魂里萌发了一种节奏"。在诗句中，一方面，"黄昏""苍老的人""沉重的圆木"和"沉缓的曲调"等意象共同营造出一种缺乏活力的迟缓感，从中引出"沉缓中行进的祖国"这一表述，也表达出诗人对于当时国家状态的忧虑，及对于改变这种状态，使其重获青春的盼望；另一方面，"我"以"固有的节奏"走在前头，也体现出这种自由的节奏被赋予的某种旗帜性、方向性特征，在一定层面上，或许还是蕴含着与自由这一概念实质并不一致的某种指向性意味。

值得一提的是，虽然正如程光炜所指出的，"50—70 年代的文学教育继续在组织着作家们的文学思维和对生活的叙事，他们仍然在用偏重夸张的战争文化视角介入人物的情感世界，用仇恨的文化心态及哲学标准来评价生活的是非"，"他们是用'革命的方式'来反省'革命的错误'"，不同之处只在于，"'文革后'和'文革前'在时间观念上是历时的，而它们在精神状态上却最大限度地体现出共时的特征"①。成长于整体性话语仍具有强大影响力与控制力的年代的"朦胧诗人"们，在反叛旧有革命话语、追求真正的个人自由的同时，在表达方式、思考模式及策略的使用上，也体现出对于革命话语和旧时代精神特征的某种继承性。不过，一方面，关于这种继承与颠倒性的模仿，还是要返回到时代的语境中考量，要考虑到"一代人"在经历了特殊的青春体验之后，对于凝聚力量，以推动变革的迫切期待，因此，这种对反抗性与方向性的强调，似乎也是一种与时代情境相符的十分诚实的情绪与感觉，而这或许也是其能够产生大范围影响、具有强大感染力的一个重要原因；另一方面，很多"朦胧诗人"在表达反抗性的同时，也思考着自己在精神上对旧有整体性思维的难以避免的继承，并因此在诗歌中表现出对这种继承的反抗，或是表现出在多种理性思考和感性体验间的拉锯，使其诗作体现出一种与"一代人"复杂的精神特质密切相关的独特张力，正如前文在分析田晓青的《虚构》一诗时提到，在诗人"我发出抗议/但是我的声音背叛了我/我的姿势背叛了我"的这类表述中，也体现出诗人对自身既继承又反叛的处境的思考。因此，本节所分析的"朦胧诗"中所表现出的自由意识与整体性追求的并置，及二者间的张力，也依然更多是指向一种"朦胧诗"对于"一代人"精神特质中"不谐和性"的反映，而并非意图从一种抽象理论的层面，强调其自由追求的不彻底性。

---

① 程光炜：《我们是如何"革命"的？——文学阅读对一代人精神成长的影响》，载《南方文坛》2000 年第 6 期，第 25 页。

第四节   自然意识与社会关怀

　　许多"朦胧诗"作品都表现出一种对自然意象的选择、对自然景象的描摹，及对自然世界的向往，但与此同时，这些自然色彩的渲染或许并不指向真正的自然，不指向一种真正放逐田园、隐居山林的渴望，在不同诗人的不同作品中，诗人或将自然当作一种精神世界的寄托，或通过对自然性的书写表达一种对自然性格的追求，或以自然的意象隐喻自己的精神世界，或将诗歌主体与自然合到一处，从而使自然成为其所处社会现实的一个被虚化和被提纯的对应物，并就此表达对于社会关系和社会发展状况的感受与思考。

　　其中，在顾城的诗作《我是一个任性的孩子》[①] 中，这种自然色彩与社会意识的并置，一方面表现为一种对于自然景象的人性赋予，正如诗中所描述的，"我想画下遥远的风景/画下清晰的地平线和水波/画下许许多多快乐的小河/画下丘陵——/长满淡淡的茸毛/我让它们挨得很近/让它们相爱/让每一个默许/每一阵静静的春天激动/都成为一朵小花的生日"。在这一诗段中，虽然诗人首先描绘出的，是想要画出的一幅自然风景，要将"地平线"和"水波"都画得清晰，但是，他想画出的小河要有"快乐"的情绪，挨得很近的丘陵要像人类一样"相爱"，同时，还要让它们的情感在发展中孕育出一朵朵小花来，显然，诗人赋予这些自然景象的情绪与感觉，在一般意义上都是属于人类的，而通过这种人性的赋予，诗人也得以在对自然景象的描画中，表达对于社会中人与人之间美好情感的呼唤与渴求。自然色彩与社会意识的并置，另一方面则表现为细节生动性与非自然性的结合，如诗中还写道，"最后，在纸角上/我还想画下自己/画下一只

---

　　① 本段所引顾城《我是一个任性的孩子》一诗诗句选自顾城《顾城诗全集》，江苏文艺出版社 2010 年版，第 674 – 677 页。

树熊/他坐在维多利亚深色的丛林里/坐在安安静静的树枝上/发愣/它没有家/没有一颗留在远处的心/他只有，很多很多/浆果一样的梦/和很大很大的眼睛"。其中，"丛林"被设定在"维多利亚"，并且是"深色的"，树熊的眼睛是"很大很大的"，姿态是坐着的，坐在"树枝"上，而树枝是"安安静静"的，树熊的梦则是"浆果一样"的，在这样一种十分具象化的细节描绘中，场景也如在目前，这给读者带来一种更为直接的体验。然而，诗人想要画出的这一自然景象，其中无论是树熊的"发愣"、做梦，树枝的安静，还是用"浆果"来形容的梦，都是超自然的。虽然在这首诗中，诗人所指向的是自己想要画出的画作，但即使是在画作中，这种超自然的情境也不能直接呈现，只能通过感觉来传达，并从中体现出诗人在其以自然所建造出的审美世界的一种精神栖居，以及一种对现实处境的隐喻，即将自身与画中的"树熊"作比，表达出一种精神上的漂泊感，和与其巨大的现实压力相对的，"浆果一样"酸甜交织、滋味丰富的幻想。同时，自然色彩与社会意识的并置，还表现为虚实对象的交错穿插，就如这一诗段中所写的，"我是一个任性的孩子/我想涂去一切不幸/我想在大地上/画满窗子/让所有习惯黑暗的眼睛/都习惯光明/我想画下风/画下一架比一架更高大的山岭/画下东方民族的渴望/画下大海——/无边无际愉快的声音"。其中，"不幸"和"东方民族的渴望"等，都是相对抽象的概念，无论是将其"涂去"，还是把它"画下"，都是指向一种抽象的、纯精神性的表述；而画满大地的"窗子"、"一架比一架更高大的山岭"、无边无际的"大海"则更富于具象性，是可以在人们脑海中清晰形成的画面；另外，"风"和大海的"声音"，虽然不能用眼睛看到，但也是人们通过触觉或听觉可以直接感受的并不抽象的事物，而这种虚实对象的交错呈现，也使得对抽象的概念表达变得更为可触可感，使"东方民族的渴望"被表现为一种对于像"风"一样拥有活力与新鲜感、像"一架比一架更高大的山岭"一样有着越来越高的建树与成就、像"大海"中"无边无际愉快的声音"一样在集体中拥有个体思想和发声的自由的渴望。除此之外，在诗中不断重复"画下"这一动作，也体现出诗人的一种能动意识，即作为

"一代人"，作为时代的主体，希望能以自己的努力去建造一个更自由、更多彩的未来。但正如诗人在诗歌的末尾所写的那样，"我在希望/在想/但不知为什么/我没有领到蜡笔/没有得到一个彩色的时刻/我只有我/我的手指和创痛/只有撕碎那一张张/心爱的白纸/让它们去寻找蝴蝶/让它们从今天消失"，因为没能"领到蜡笔"，没能得到行动的机会，社会环境的压抑与束缚使他无法积极地去实践希望与幻想，所以只能将这种美好的憧憬放归自然，通过撕碎"心爱的白纸"这一举动，一方面表达出一种失落感和反叛冲动，另一方面也体现出对幻想并未彻底放弃，透过"蝴蝶"这一拥有美丽翅膀的形象，流露出对于自由和美好事物的执着追求，即使在现实中无法拥有自由，至少还能让幻想去寻找、追逐，而让它们"消失"，也是诗人内心矛盾感的一种体现。由此可见，在这首诗中，诗人对自然景象的一系列塑造与描摹，都是对自身社会处境，及建立在这一处境之上的幻想与渴望的表达，自然在此处更多是作为一种象征方式，或幻想世界的承载物而存在。需要指出的是，虽然诗人在 1988 年移居到了被称为"激流岛"的，一个位于新西兰的小岛上，他的这一选择确实充满了遁入自然的意味，但正如诗人自己所谈到的，"自然并不美好，自然中间有老鼠、跳蚤，并不是我们度假时候所看到的自然。在没有电，没有水，没有现代文明的情况下，你必须一天到晚和自然做斗争。自然是一些吃来吃去的嘴巴"，而最主要的是，"在自然之中，发现我的本性并不像我想象的那样是属于天的，或者是属于我自己的，它是盲目的，它就像蚂蚁一样到处乱爬，像章鱼一样舞手舞脚，它停不下来"，他"把最后的幻想放在这上面，而这上面什么也没有"①。从诗人在真正尝试遁入自然时所体会到的这种落差感中，或许也可看出，作为诗人审美"乌托邦"的自然与真实的自然并不一致。

同时，在芒克的许多诗作中，也充满着浓厚的自然色彩。诗人在白洋淀生活了 7 年，虽然中间也掺杂着一些到外地旅行和偷偷回城的经历，但整体时间还是比许多知青留在乡村的时间要长。同时，在这

---

① 顾城：《顾城文选·卷一：别有天地》，北方文艺出版社 2005 年版，第 107－108 页。

段经历中，他也比其他的很多知青生活得更为洒脱，对乡村生活融入得更为彻底。关于他的这种独特性，许多与其有过交集的同代人都曾在回忆中提及。如徐晓曾提到，在 1995 年，他们一起去白洋淀玩，"我们一行七八个人分别住在老乡家里，老乡划着船陪我们到淀里去玩，打来活鱼给我们吃，使我亲身感受到了他与当地渔民那种不是亲人胜似亲人的关系"①。西川也谈到，到 1998 年，芒克回大淀头村时，依然与村民们保持着热络的关系，"村子里五六岁七八岁的孩子们听说芒克回来了，便齐集芒克落脚的老乡家的院子里，围住他，齐声喊出他的外号：'猴子！'然后哄笑成一团。芒克也跟着笑，跟着骂"②。另外，芒克还与当地一位名叫"福生"的村民建立了情同手足的情谊，而芒克与福生母亲的关系，也像亲母子一样，对此，唐晓渡曾描述，福生的母亲"看芒克时的眼神，似乎比看自己的儿子还要亲"③。而芒克自身也曾一再表达对白洋淀生活的热爱与怀念，对此，严力曾回忆道，在 1976 年唐山大地震时，芒克还特意把自己的地震棚也搭成渔船形，以寄托对渔家生活的念想④。不过，因为白洋淀与北京只相距 160 多公里，与政治中心的距离其实并不遥远，正如当年与诗人一同在白洋淀插队的宋海泉所说明的，白洋淀诗群的根还是在北京，"白洋淀诗歌群落这样一个文化现象"，其本质也还是一种"都市文化"⑤，因此，对于诗人在白洋淀的生活，还是不能将其视为与都市生活完全脱离；此外，就像严力所指出的，在芒克回城之后，他"在城里生活的每一天其实都是在与插队时无所求的处境拉

---

① 徐晓：《今天与我》，选自刘禾编《持灯的使者》，广西师范大学出版社 2009 年版，第 54 页。
② 西川：《芒克的"人民性"》，选自芒克《瞧！这些人》，时代文艺出版社 2003 年版，第 194 页。
③ 唐晓渡：《开心老芒克》，选自芒克《瞧！这些人》，时代文艺出版社 2003 年版，第 184 页。
④ 严力：《阳光与暴风雨的回忆》，选自北岛、李陀主编《七十年代》，生活·读书·新知三联书店 2009 年版，第 310 页。
⑤ 宋海泉：《白洋淀琐忆》，选自刘禾编《持灯的使者》，广西师范大学出版社 2009 年版，第 110 页。

开距离的",因而,当芒克某次突发奇想跑回白洋淀,打算与自己当时在村中的女朋友结婚时,最后两人也只是"在一条淀边的大堤上散了半小时的步,然后又转到我看不见的地方决定不结了"①。同时,芒克曾分别在1973年和1974年创作的组诗中,以白洋淀为对象创作短句,他在前者以《给白洋淀》为题的诗段中写道,"伟大的土地呵,你引起了我的激情"②,在后者以《白洋淀》为题的诗段中写道,"别忘了/欢乐的时候/让所有的渔船也在一起碰杯"③。从中亦可看出,这种乡村生活体验对诗人精神与创作所产生的一定影响。另外,关于诗人作品中体现的这种自然情结或乡村情结与都市社会感觉之间的张力,也可以其诗作《旧梦》④中的诗段为例进行阐述。由于这首诗创作于1981年11月,又以《旧梦》这一具有追忆往事意味的语词为题,因此,或许可认为其内容与诗人的过去经历有所联系。在其中一个诗段中,诗人写道,"在我的记忆里,有一片茂密的树林/那时时常有鸟群出没,鸟儿衔着光线/穿梭似的飞翔,它们是用阳光在给自己筑窝"。此处所描绘出的场景,或许会使人联想到《今天》杂志创办时,众人满怀理想主义信念,齐心协力地工作的情景,"穿梭似的飞翔"的"鸟群"所指的,或许是当时常常往来于七十六号(即《今天》编辑部所在地)的诗人们与其他同人,而衔来阳光"给自己筑窝",则或许指向通过文学创作与创办杂志的努力,及对自由与真理的追求,寻求到一种作为"主体—我们"的归属感与存在价值。随后,诗人又写道,"在我的记忆里,那树林,每到日落时分/还具有另一番景色:鸟儿纷纷回巢了/林间渐渐地冷落,一个缓缓移动的阴影/像是一张没有光泽的面孔,在临睡前/用嘴去把灯吹灭,往往是在这个时候/你给她带去温暖/并对她说:我爱你,真的,我爱

---

① 严力:《我也与白洋淀沾点边》,选自廖亦武主编《沉沦的圣殿——中国20世纪70年代地下诗歌遗照》,新疆青少年出版社1999年版,第279页。

② 芒克:《献诗:1972—1973》,选自芒克《芒克诗选》,江苏文艺出版社2015年版,第16页。

③ 芒克:《十月的献诗》,选自芒克《芒克诗选》,江苏文艺出版社2015年版,第45页。

④ 本段所引芒克《旧梦》一诗诗句选自芒克《芒克诗选》,江苏文艺出版社2015年版,第82页。

你"。在这段诗中，日落时分鸟儿回巢、林间冷落的景象，则仿佛指向《今天》杂志的停刊，同人们的四处分散，对此，诗人也曾在访谈中谈到，在《今天》停刊后，"我在七十六号又坚持了半年。朋友们都见不到了，只有老鄂每天下班来看我，用剩余的钱尽量维持我的生活。那情景真够凄凉"①。因此，诗中所描述的"一个缓缓移动的阴影"，或许指的正是内心萧条的诗人自身，而此时所出现的"你"，或许是某个特定的人，也可能是某样艺术作品、某种信念，甚至诗歌作品本身，给诗人带来了爱与温暖。对此，诗人继而抒写道，"在我的记忆里，有一片茂密的树林/那树林里时常出现你的身影/那树林里至今还回荡着你的声音"，在诗句中表达出对"你"这一对象的深刻记忆。而通过对这一诗段的阐析，或许也可看出，与前文所分析的顾城诗作中超自然性的表达不同，在芒克的这一诗作中，更多的是立足于自然的本来面貌，虽然也有像鸟儿用阳光给自己筑窝这样的表述，但这一表述也是从鸟儿衔着光线（光线刚好从鸟儿的嘴部透过）这一可以想象出的自然景象中所引申出的，日落鸟儿回巢更是常见的自然景象，通过对这些自然景象的描摹，诗歌传达出一系列的隐喻，体现着诗人的内心体验，而这种内心体验，其实也是与其社会经历及在都市中的个人感受息息相关的，同时，这种自然景象与个人体验间的衔接与转换，也体现出诗人内心世界中自然性与社会性的交融与分隔。

此外，与顾城和芒克对自然美感的抒写不同，以"三月是末日"这一包含着绝望意味的表述为开头，根子在其 20 岁时所作的《三月与末日》② 一诗中写道，"这个时辰/世袭的大地的妖冶的嫁娘/——春天，裹卷着滚烫的粉色的灰沙/第无数次地狡黠而来，躲闪着/没有声响，我/看见过足足十九个一模一样的春天/一样血腥假笑，一样的/都在三月来临"。其中，"春天"这一意象通常与万物复苏、生机

---

① 唐晓渡整理：《芒克访谈录》，选自刘禾编《持灯的使者》，广西师范大学出版社 2009 年版，第 241 页。

② 本段所引根子《三月与末日》一诗诗句选自李润霞主编《中国新诗百年大典》（第十一卷），长江文艺出版社 2013 年版，第 167－169 页。

勃发的景象相联系，是一种美好与希望的象征，诗人却将其描述为
"世袭的大地的妖冶的嫁娘"，而且每一个都"一样血腥假笑"；同
时，与一般认识中春天总是在人们的盼望中携带着温暖与生机的到来
不同，诗人笔下的春天，却裹着虽然同样带有热度，但与充满舒适性
的温暖感截然不同的滚烫的"灰沙"（灰沙也与春天所本应带来的充
满生命感的绿意相对），"狡黠"地到来，并且还要悄悄地"躲闪"，
而从"第无数次""足足十九个""一模一样"等表述中，也可见诗
人对这种春天的厌烦感，"春天"在"三月"的来临与诗歌开头就指
出的"三月是末日"相对，则更体现出诗人的厌恶与排斥。这种对
春天的逆反性表达，或许也体现出诗人对与个人现实体验并不一致的
抽象理想与虚假希望的一种反叛。之后，诗人继续写道，"这一次/
是她第二十次把大地——我仅有的同胞/从我的脚下轻易地掳去，想
要/让我第二十次领略失败和嫉妒/而且恫吓我：'原则/你飞去吧，
像云那样。'/我是人，没有翅膀，却/使春天第一次失败了。因为/
这大地的婚宴，这一年一度的灾难/肯定地，会酷似过去的十九次/伴
随着春天这娼妓的经期，它/将会在，二月以后/将在三月到来"。诗
人预想，"春天"的这第二十次到来，必然也和前十九次并无区别，
会通过"轻易地掳去"他脚下的大地，使他"领略失败和嫉妒"，诗
中在此处所说的"大地"，或许指向一种归属感与现实存在感，因
此，作为虚假希望的"春天"与"大地"结合，也就被诗人称为
"一年一度的灾难"，而给"春天"冠以"娼妓"这一充满不齿意味
的称谓，也体现出诗人对其诱惑"大地"的深恶痛绝。随后，诗人
又将对"春天"的这一认识再次推进，描述了"春天"的到来，"她
竟真的这个时候出现了/躲闪着，没有声响/心是一座古老的礁石，十
九个/凶狠的夏天的熏灼，这/没有融化，没有龟裂，没有移动/不过
礁石上/稚嫩的苔草，细腻的沙砾也被/十九场沸腾的大雨冲刷，烫
死/礁石阴沉地裸露着，不见了/枯黄的透明的光泽，今天/暗褐色的
心，像一块加热又冷却过/十九次的钢，安详、沉重/永远不再闪
烁"。在这一诗段中，诗人通过"稚嫩的苔草""细腻的沙砾"被
"春天"所带来的"沸腾的大雨"所"冲刷""烫死"，"古老的礁

石"因此失去光泽，进一步描绘出"春天"所带来的"灾难"；同时，将"心"比作"礁石"，也表现出自己内心因为"春天"的到来承受折磨与损伤，表现出心灵因为反复被"加热又冷却"而逐渐丧失光彩。另外，在诗人笔下，"大地"这一意象也与一般概念中的大地不同，在普遍意义中，大地通常具有广阔、包容和厚重的内涵，诗人却写道，"既然／大地是由于辽阔才这样薄弱，既然他／是因为苍老才如此放浪形骸／既然他毫不吝惜／每次私奔后的绞刑，既然／他从不奋力锻造一个，大地应有的／朴素壮丽的灵魂／既然他，没有智慧／没有骄傲／更没有一颗／庄严的心"，在以"既然"开头的一系列情感激烈、程度不断递进的排比中，诗人表达出对"大地"轻易便被"春天"这"娼妓"所拐骗的不满和痛惋，从一定层面上来讲，这种对"大地"的反向定义，或许也表达出诗人对现实生活的一种失望感。而因为对"大地"的失望，诗人继而写道，"那么，我的十九次的陪葬，也都已被／春天用大地的肋骨搭架成的篝火／烧成了升腾的烟／我用我的无羽的翅膀——冷漠／飞离即将欢呼的大地，没有／第一次没有拼死抓住大地——／这漂向火海的木船、没有／想要拉回它"。诗句体现出都已被"烧成了升腾的烟"的自己的"十九次的陪葬"的毫无意义，从而表达出对"即将欢呼的大地"的放弃，表达出不想再牺牲、再抗争的一种心灰意冷的情绪；但是，"没有"的一再出现，及"没有"与其后"抓住""拉回"动作的断开，也体现出诗人内心在决定放弃时的悲戚、不舍与挣扎。而从这一系列对于诗段的阐析中也可看出，在根子的这一诗作中，"自然"既非一种可以弥补现实缺憾的心灵寄托，也并非从其本来面貌中生发出的本真特性，而是与其精神流动相对应的，一种在诗人内心中塑造出的，既隐喻现实世界，又隐喻精神世界的象征场景，因为其作用并非寄托，而是表现与宣泄，因此，对于诗人在其中对一种"恶"性的塑造，或许就不难理解了。

而在杨炼所创作的组诗《诺日朗》中的《黄金树》这一篇章里，"自然"与诗中之"我"的关系既非寄托也非对抗，而是完全成为一种诗中之"我"的造物，成为"我"的子民和服从者。关于这一诗

篇的隐喻意味，或许可以石天河于 1984 年发表的评论文章《重评
〈诺日朗〉》中的相关译解作为参考。作者在文章中指出，从诗歌一
开头所写的，"我是瀑布的神，我是雪山的神/高大、雄健、主宰新
月/成为所有江河的唯一首领"，便可推测，"'黄金树'是'权力'
的神化的象征"，"仅次于神化的太阳"，"这里指的是'文化大革
命'中，林江反革命集团遂行篡党窃国阴谋所凭借的被神化了的
'权力'"；"雀鸟在我胸前安家"暗示他们"搜罗了羽翼"；"浓郁的
丛林遮盖着/那通往秘密池塘的小径"指向"深深掩盖着的阴谋活
动"；"我的奔放像大群刚刚成年的牡鹿/欲望像三月/聚集起骚动中
的力量"隐喻"权力滋长的大群牡鹿般的野心；权势欲在社会上普
遍地萌发出来，象万物苗长的阳春三月；这样就把骚动中的力量聚集
起来了"；"我是金黄色的树/收获黄金的树"可以意会为"在'文化
大革命'中，有不少'造反'的人，是所谓'权权权，命相连'的
权力崇拜者，把权力看作是'收获黄金的树'"；而在"流浪的女性，
水面闪烁的女性/谁是那迫使我啜饮的唯一的女性呢"一句中，则是
"以'女性'作为软弱、顺从的权力崇拜者的象征；以'迫使我啜
饮'作为对这类权力崇拜者在权力面前献媚争宠的象征性描绘"，
"对于这类权力崇拜者来说，权力就是这些'女性'所追求的'男
神'"；同时，"我的目光克制住夜"暗示"权力的眼睛在夜里也是睁
着的，它是一眠不休的"；"十二支长号克制住番石榴花的风"象征
着"权力用宗教大喇叭的吹吁，压制了诗歌和民间舆论（番石榴花
在西方文化中是诗的象征；'风'按中国传统解释，意味着反映民情
的歌谣，代表民间舆论）"；最后一句"在世界中央升起/占有你们，
我，真正的男人"，则包含着这样的意味——"权力以'男神'的神
秘力量，占有了一切崇拜权力的'女性'，成为'在世界中央升起'
的统治一切的力量（因为崇拜权力的那些'男人'只不过是些'女
性的男人'，所以权力以'男神'的资格说：'我是真正的男
人。'）"。通过这一译解，作者认为，这一诗篇所要表达的，"主要是

对权力崇拜的批判"①。虽然在这一解析中，一些过于明确的意义链接在降低诗歌阅读难度的同时，也在另一层面造成了对诗歌内涵复杂性的简化，但是，将诗中之"我"与某种权威性的意义或概念相联系，或许也不失其合理之处，只是相对于纯粹的"对权力崇拜的批判"，诗作中出现的"高大""雄健"等用以描述"我"的词汇，同时也体现出一种生命力蓬勃的积极意味，而这一篇章的整体表达，也更偏向一种充满力量感的雄壮语调。因此，笔者以为，诗人在诗作中借"我"这一主体想要抒发的，或许更多的是一种历史整体的威权，一种由人们共同推动的、蕴含着由"欲望"所"聚集"起的生命力量的、无所谓善也无所谓恶的来自整体性的时代压迫感。而无论诗中之"我"指向何种权威，诗篇中作为"我"的造物的自然，显然也已从现实层面转入精神层面，成为一种更为虚化的，诗作精神主体与个体处在时代洪流中的心灵感觉的对应物。

　　"朦胧诗"中这种对超自然性或非自然性的自然色彩的渲染，一方面或许来自突破现实压力、建立心灵栖居之所的内心渴求，或是建立精神的象征空间，及营造诗歌美感的需要；而另一方面，在一定程度上，或许也是对于革命话语中强调主体意志力量的超自然性意味的一种精神继承。

第五节　史诗意识与"超验性"追求

　　在西方诗歌传统中，史诗一直占据着重要地位，关于其特征和审美标准，正如亚里士多德在对比史诗与悲剧的区别时所谈到的，史诗可以使诗歌的长度"分外增加"，同时，"因为采用叙述体，能描述许多正发生的事，这些事只要联系得上，就可以增加诗的分量"，"这可以使史诗显得宏伟，用不同的穿插点缀在诗中，可以使史诗起

---

① 石天河：《重评〈诺日朗〉》，载《当代文坛》1984 年第 9 期，第 16 页。

变化"。他还指出,在史诗诗人中,唯有荷马"知道一个史诗诗人应当怎样写作",即"史诗诗人应尽量少用自己的身分说话","否则就不是摹仿者了",在荷马史诗中,他"在简短的序诗之后",便会"立即叫一个男人或女人或其他人物出场,他们各具有'性格',没有一个不具有特殊的'性格'"。另外,史诗还"比较能容纳不近情理的事",在其中,"一桩不可能发生而可能成为可信的事,比一桩可能发生而不可能成为可信的事更为可取;但情节不应由不近情理的事组成;情节中最好不要有不近情理的事;如果有了不近情理的事,也应该把它摆在布局之外"。而诗人与历史家的区别则在于,历史家是"叙述已发生的事",诗人是"描述可能发生的事","因此,写诗这种活动比写历史更富于哲学意味,更被严肃地对待;因为诗所描述的事带有普遍性,历史则叙述个别的事",而且即使诗人"写已发生的事,仍不失为诗的创作者;因为没有东西能阻挠,不让某些已发生的事合乎可然律,成为可能的事;既然相合,他就是诗的创作者"。①而在中国的诗歌传统中,虽然也出现过像《格萨尔王传》一类的英雄史诗,但这类史诗多出自少数民族,史诗这一体裁在主流创作领域中并不常见。关于这类长篇诗在中国文学传统中并不发达的现象,朱光潜也就此谈到过五点原因:其一是源于"哲学思想的平易和宗教情操的浅薄",伟大史诗作品的创造需要有"广大的观照"及"深厚的情感和坚持的努力",前者"常有赖于哲学",后者"常有赖于宗教",而"这两点恰是中国民族所缺乏的";其二是由于"西方民族性好动,理想的人物是英雄;中国民族性好静,理想的人物是圣人",而在史诗中"必有动作","而且这种动作必须激烈紧张,才能在长篇大幅中维持观众的兴趣","动作的中心必为书中的主角,主角必定为慷慨激昂的英雄,才能发出激烈紧张的动作";其三是由于"文艺上主观的和客观的一个分别固然不是绝对的,但是侧重主观或是侧重客观都是可能的","依荣格(Jung)的研究,民族和个人的

---

① 〔古希腊〕亚里士多德:《诗学》,罗念生译,人民文学出版社 1962 年版,第 28 – 31、86 – 90 页。

心理原型都有'内倾''外倾'两种",西方民族属于"外倾"者,"好动,好把心力支到外面去变化环境,表现于文艺时多偏重客观",中国民族属于"内倾"者,"好静,好把心力注在自己身上作深思内省,表现于文艺多重主观",所以西方文学"以史诗悲剧擅长",中国文学"以抒情短章擅长";其四在于"史诗和悲剧都是长篇作品,中国诗偏重抒情,抒情诗不能长,所以长篇诗在中国不发达","就这一点说,史诗悲剧和其他长篇诗的缺乏并非中国文学的弱点,也许还可以说是中国人艺术趣味比较精纯的证据",并且在 19 世纪以后,西方学者的意见也开始"逐渐转变","已看出一切诗都是抒情的,悲剧诗和史诗也还各是抒情诗的一种",且"凡是抒情诗都不能长,长篇诗不必全体是诗";其五则是因为"史诗和悲剧都是原始时代宗教思想的结晶,与近代社会状况与文化程度已不相容","欧洲近代所以还有人做史诗做悲剧者",是"因为有希腊的蓝本可模仿",到近代,"史诗已蜕化为小说,悲剧已蜕化为'问题剧'和'风俗剧',都是由诗变为散文",而在中国,"散文发达极早",小说的发达也比西方早,在之前又没有可以作为"蓝本"的史诗,因此可以用作史诗的材料都被用在了散文和小说体裁之中。①

而在"朦胧诗"作者中,也有许多诗人对于诗歌应如何书写历史这一问题有所思考,如杨炼曾谈到,"必须千方百计地占有知识,从而拥有供分析、比较的基本原料,把握永远在变化、发展而又具连贯性的民族精神,重新找到、发掘并确立那些在历史上与我们相呼应的东西,从纷繁复杂的来源中提取至今仍有强大生命力的'内核'","'能动的'诗要求诗人形成自身熔哲学、历史、现实和艺术观于一炉的意识结构,不是世界迫使他作出反映,而是他的发现迫使世界祖露出真实'能动的'诗的特点,是依靠想像的逻辑归纳,整理人类的复杂经验,并使之体现于坚实的诗歌结构",且"历史是一种积淀的现实。文化是精神领域折射的现实。它们永远与我们的存在交织在一起。正是站在此时此地,通过对历史、文化

---

① 朱光潜:《朱光潜全集》(第八卷),安徽教育出版社 1993 年版,第 352 - 357 页。

的探寻将获得对现实多层次的认识。'更深地'而不是'凭空地'，使历史和文化成为活生生的、加入现代生活的东西"①。江河也曾指出，"为什么这些年迅速地滑过去了，诗却没有留下硬朗朗的，坚实的标志，那些被欺骗的热情无为地化为灰烬，仅仅留下耻辱"，"为什么史诗的时代过去了，却没有留下史诗"，"作为个人在历史中所尽可能发挥的作用，作为诗人的良心和使命，还是没有该反省的地方"，同时，"诗不是一面镜子，不是被动的反映"，"人对自然的历史，个人对社会的历史，从来就是能动的历史"，"艺术家按照自己的意志和渴望塑造，他所建立的东西，自成一个世界"，"与现实世界相抗衡，又遥相呼应"②。此外，关于诗歌对世界的表现，田晓青也曾论述道，"诗歌是个非常独特的领域。在这里，寻常的逻辑沉默了，被理智和法则规定的世界开始解体：色彩、音响、形象的界线消失了；时间和空间被超越，仿佛回到了宇宙的初创时期。世界开始重新组合——于是产生了变形"，"但这种变形不是哈哈镜式的——人和世界在其中被简单、粗暴地歪曲。它是水晶球，是寓言，人透过它洞悉世界的奥秘和自己真实的命运"③。由此可见，对于许多"朦胧诗人"而言，诗歌创作中的"史诗意识"主要还是立足于"今天"（即其自身所处的时代节点）的精神状态，因此，无论是对比过去历史的书写，还是对其自身所处时代历史的记录，都应表现为一种由思考与想象所串联起的能动性创造，并希以从中触摸与艺术真实性相一致的民族精神脉络。

　　与之相对，"朦胧诗"的具体创作实践，也一方面体现出一种与西方传统史诗创作理念相似的，对"普遍性"事件的慷慨激昂的表现，另一方面又与中国文学的抒情传统相对应，在"写史"的同时，不回避甚至侧重于个人的情感体验与主观思考，将其自身，或是置身于其中的"一代人"作为历史的主体，使其史诗书写由与历史书写

---

① 老木编：《青年诗人谈诗》，北京大学五四文学社 1985 年印刷，第 71、74、77 页。
② 《今天》杂志（文学资料之一），1980 年 10 月，第 14 页。
③ 《今天》1980 年第 3 期，第 62、60 页。

相近的"摹仿"转为一种更为主观性的抒发，从而在这种"普遍性"与"主观性"的张力中，表现出一种与诗人自身立场和想象相关联，且与诗歌美感需要相符合的"超验性"追求。

比如，在杨炼的诗作《大雁塔》中，诗人将具有历史沉淀意味的意象拟人化，以其口吻发出声音，表达出一种对传统的肯定与缅怀，对民族悲剧的悲愤与沉思，及对于重生的期待；而诗中之"我"，也与作为沉思者的诗人自身更为靠近，"我"作为诗中的抒情主体，是诗人自身情感与思考的一种载体。在诗中，诗人写道，"我被固定在这里/已经千年/在中国/古老的都城/我像一个人那样站立着/粗壮的肩膀，昂起的头颅/面对无边无际的金黄色土地/我被固定在这里/山峰似的一动不动/墓碑似的一动不动/记录下民族的痛苦和生命"。这一诗段体现出大雁塔所经历的漫长历史，及其作为与流动的历史相对的静止之物，对于民族"痛苦"和"生命"的见证者立场。譬如对其所经历的"遥远的童话"，诗人描述道，"我该怎样为无数明媚的记忆欢笑/金子的光辉、玉石的光辉、丝绸一样柔软的光辉/照耀我的诞生/勤劳的手、华贵的牡丹和窈窕的飞檐环绕着我/仪仗、匾额、荣华者的名字环绕着我/许许多多庙堂、辉煌的钟声在我耳畔长鸣/我的身影拂过原野和山峦、河流和春天/在祖先居住的穹庐旁，撒下/星星点点翡翠似的城市和村庄/火光一闪一闪抹红了我的脸，铁犁和瓷器/发出清脆的声响，音乐、诗/在节日，织满天空"。其中，"仪仗""匾额""荣华者的名字"等意象指向的，是"雁塔题名"的佳话，即从唐代开始盛行的，"所谓举子登科、雁塔题诗的风尚"，"凡新科进士及第，先在曲江、杏园游宴，然后登临大雁塔，并题名塔壁留念，被视为莫大的荣耀"。刘沧曾就此题诗："及第新春选胜景，杏园初宴曲江头；紫毫粉壁题仙籍，柳色啸声拂玉楼。"后来更是形成"塔院小屋四壁，皆是卿相题名"的情景。① 而诗中所提到的节日场景，则指向"重阳登高"的风俗，在当时，"每逢'九

① 高天成：《大雁塔文化原型的古今阐释——几组大雁塔诗歌的文本比较》，载《唐都学刊》2004年第3期，第10页。

九重阳',长安的市民便结伴出游,登高远望。皇帝本人也常常在这一天率众亲临大雁塔,眺望天下"①,如唐穆宗李恒在《奉和九月九日登慈恩寺浮图应制》一诗中所写的"宝地邻丹掖,香台瞰碧云。河山天外出,城阙树中分",也是对这一情景的描绘。杨炼的诗句通过对大雁塔诞生之时所经历的盛景的渲染,在表现其"明媚的记忆"的同时,也与后来因为战争而导致的"只有卖花老汉流出的血凝固在我的灵魂里/只有烧焦的房屋、瓦砾堆、废墟/在弥漫的风沙中渐渐沉没/变成梦、变成荒原"的场景相对,表达出一种对于因为"人祸"所导致的繁华湮灭的苍凉与痛惋之情。而在"民族的悲剧"一节中,诗人则一方面表现了战士们英勇不屈的斗争,"涂满鲜血的战鼓、涨饱力量的战鼓/用风暴和海洋的节奏/摇撼一座座石墙和古堡/五颜六色的旗帜在尘埃里招展/草原、湖泊上升起千千万万颗星辰/像无数战死者没有合上的眼睛",而"我"也是"这队伍中一名英勇的战士","我的身躯、铭刻着/千百年的苦难、不屈和尊严/哪怕厚重的城门紧咬着生锈的牙齿/哪怕道路上布满荆棘和深渊/我的脚步踏过天空——云梯/从腐烂的城垛上/擎起我的红缨和早晨",从中渲染出民族精神中的血气与生命力量;另一方面叙述了斗争意义的被消解,"我"的"兄弟们""骑在水牛背上,依旧那样悠然自得/仿佛什么事情也不曾发生过","我"为此感到非常沉痛,"我留在这里,悲愤地望着这一切/我的心在汨汨地淌血","一次又一次,已经千年/在中国,古老的都城/黑夜围绕着我,泥泞围绕着我/我被叛卖,我被欺骗/我被夸耀和隔绝着/与民族的灾难一起,与贫穷、麻木一起/固定在这里/陷入沉思",从而也表现出民族精神中令人悲哀的一面。而最后,无论是对遥远童话的怀想,对痛苦的述说,还是对民族悲剧的书写,都指向对一个形象的塑造——"我像一个人那样站在这里,一个/经历过无数痛苦、死亡而依然倔强挺立的人",以及对"我"的渴望的抒发——"我的青春将这样重新发芽/我的兄弟们呵,让代表

① 高天成:《大雁塔文化原型的古今阐释——几组大雁塔诗歌的文本比较》,载《唐都学刊》2004年第3期,第10页。

死亡的沉默永久消失吧/像覆盖大地的雪——我的歌声/将和排成'人'字的大雁并肩飞回/和所有的人一起，走向光明"。由此可见，诗人的"史诗"书写，也正如诗人自身所指出的那样，是将历史视为一种"积淀的现实"，从而将"一代人"的"存在"与历史所留下的民族精神的印记交织在一处，在赋予诗歌一种"史诗"性的恢宏感与浑厚感的同时，还是更侧重于表现"一代人"精神中的生命能量与反抗力量。

此外，与前二者不同，江河的诗作《葬礼》[①] 则是通过对周恩来的葬礼这一重大历史事件的记录，抒发一种悲痛的情绪。对此，诗人首先在诗中写道，"历史停顿了/土地天空在静寂中/人民垂下头/一个下午，时代的黄昏/黑纱缠住了亿万只臂膀/这臂膀曾经抱过/另一只手收获来的阳光/今天又一次遭到掠夺/象纠缠不清的黑色的梦/劫走了所有的星星"。诗句通过历史的"停顿"，土地天空的"静寂"，和星星的被"劫走"，以一种超自然的、充满人性意味的表达，表现出一种凝重的氛围，从感觉层面传达出人们内心的悲痛。而对于灵车开过的场景，诗中则描述道，"灵车/载着英雄骤然中止的业绩/在淌着血的希望上/在亿万颗低垂的头颅中/缓缓走过/在亿万双被泪水淹没的眼睛里沉浮/送葬的人群——灵车两旁长长的行列/象两条巨大的河流/伸遍祖国的南方北方/拥抱着无尽的悲哀/我的嘴唇渐渐失去了颜色/佩戴在人民胸前的白花/在埋藏着心的地方/埋葬了无数个亲人的声音"。其中，结合上一诗段便不难发现，"亿万"这一数词在诗中多次出现，这一数词当然并非实指，而是对于数量之多的极度强调，其实也是一种感觉层面上的表达，而这一数词的反复使用或许也可体现出诗歌中所包含的，充满凝聚感的集体意识；另外，从灵车的"缓缓走过"，引申到"无数个亲人的声音"被"埋葬"，也表现出诗歌对于作为"英雄"的总理，其身上所带有的象征意义的关注，诗中描述的虽然是人们目送灵车

① 本段所引江河《葬礼》一诗诗句选自江河《从这里开始》，花城出版社 1986 年版，第 6－9 页。

走过时的悲哀之情，但其表达出的除了对于逝者、对于"英雄"倒下的悲哀，更多的也指向在时代中被埋葬了"心"和"声音"的无数个体，各自所体验到的来自自身经历和处境的悲哀。随后，诗中还写道，"灵车载着英雄纯朴的遗愿/像犁一样走过/冻结的土地松动了/埋藏了许多年的感情/在潮湿的土地上翻滚/仇恨、爱、信仰，和着血/庄严地哼着挽歌"。在这一表述中，将灵车的开过与"犁"的"走过"相类比，表现出一种对"冻结的土地"，或者说对于充满僵冷感和禁锢感的时代氛围的"松动"与破坏，以及对于精神变革的开垦性意义。除此之外，在诗歌末尾的"时辰到了/英雄最后一次/把自己交给火/在没有太阳的时候/熊熊燃烧"这一表述，也是在描述"英雄"被火葬的同时，赋予这一场景一种象征意义，即一种充满牺牲精神的英雄主义色彩，而通过对这种英雄主义色彩的刻画与渲染，也表现出为诗人们特有的，需要通过诗歌这一载体才能实现的，对于时代的一种承担意识。因此，《葬礼》一诗虽然以历史事件为主题，但诗人想借此传达的，更多还是对于"英雄"遗志的继承，一种对于精神意义的侧重。

另外，除了以具体历史意象或历史事件为承托的书写方式，顾城于1980年所作的诗作《感觉》①，表达更为抽象，超验性意味也更为显而易见。在第一诗段中，诗人写道，"天是灰色的/路是灰色的/楼是灰色的/雨是灰色的"，此处，"天""路""楼""雨"都是较为具象的意象，加上"灰"这一颜色，可以在读者的脑海中，与读者的想象相联合，形成较为清晰的画面感，但同时，这一画面又显然覆盖了一层来自主观感觉的情绪滤镜，与诗题《感觉》相照应。在我们的普遍认知中，"灰色"既不同于黑白，也不同于彩色，相对于高纯度的颜色，它显得更为复杂、更为中性。一方面，相对于浓烈的爱与恨，它更能使我们联想到的，是忧愁、伤感、无趣、衰老；另一方面，它也指向一种使人无法看清的混沌，这或许

---

① 本段所引顾城《感觉》一诗选自顾城《顾城诗全集》，江苏文艺出版社 2010 年版，第 473 页。

也正对应着处在时代转折点的"朦胧诗人"们所处大环境之"朦胧"与复杂，有一种钝重的痛感，无法以纯粹的爱恨、是非去定义。而到第二诗段，诗人则进一步创造出两个画面焦点——"在一片死灰之中／走过两个孩子／一个鲜红／一个淡绿"。其中，"孩子"既象征着蓬勃的生命力，也象征着懵懂，以及对于未知未来的探索，或许这也是对"一代人"的某种写照。同时，这一意象又与"鲜红""淡绿"相结合，与整体低沉的环境色调形成强烈对比，既使读者在脑海中瞬间将目光聚焦于此，又给人以强烈的感觉刺激。此外，"鲜红"和"淡绿"又是一组作为互补色以及对比色的对照。其中，"鲜红"或许象征着与"一代人"成长所处的"红色"背景之间无法切断的亲缘关系，还有昂扬的热情，以及挑战权威这一行为所隐藏的危险；"淡绿"则使人联想到多种多样的变化，像新生的枝芽一样的希望与生命力，以及自由，这一"朦胧诗"中常见的母题。以诗歌所构建的画面来看，从重复四次的"灰色"所营造出的环境的静态感，到红绿与灰色的对比，以及红绿彼此之间的对比所形成的跳跃感，诗歌的节奏由慢而快，而若以诗句的历时性推进来看，重复度高的四个句子会更快地读过，第二诗段的不断跳跃反而会使阅读速度更为缓慢，节奏又似乎又快而慢，这种快慢之间的矛盾与张力，或许也进一步丰富了读者的阅读感受，延长了阅读过程，使人更加沉浸于诗歌所创造的虚构场景之中。此外，"孩子"的"走过"，也与"一代人"的代际意识相对应，与"'一代人'正在走过"的隐喻相呼应。在这首诗中，无一字提到时代，也没有一字提及任何与时代相关的意象和实景，却完成了一种整体性的时代面貌勾勒，既体现出诗人的天才感知，也是"朦胧诗人"的"写史"冲动与超验性追求共存的一种极致表现。

第三章

"一体性"寻求:
"活的形象"与诗艺探索

虽然在"朦胧诗"中，时常会自觉或不自觉地表现出"一代人"精神特质中的"不谐和性"，但与此同时，诗人们也并未放弃对于诗歌"一体性"与和谐性的追求。

关于建立"一体性"的问题，正如德国诗人、哲学家席勒在其著作《审美教育书简》中指出，近代文明的发展和强制国家的产生使得人只能发展他身上的某一种力，从而破坏了人天性的和谐状态，使人成为与整体没有多大关系的、残缺不全的、孤零零的"碎片"。虽然从一定层面上看，这种片面的发展，对文明的发展、对人类的进步是绝对必要的，但个人却为了这种世界的目的而牺牲了自己，失去了其性格的完整性。就此，他提出一个对于理想国家的憧憬，即古希腊的国家建构，并解释道，因希腊人具有性格的完整性，因此他们的国家虽组织简单，"但却是一个和谐的集体"，不同于近代人的"一体性"，希腊人的"一体性"得之于结合一切的自然，而前者是"由一个把人的自由的审视力束缚得死死的公式无情地严格规定的"，在其中，"死的字母代替了活的知解力，训练有素的记忆力所起的指导作用比天才和感受所起的作用更为可靠"。随后，他强调，因为国家代表纯粹的、理想的人，它力求把各具特点的个体统一成一体，其对于美学问题的讨论，与时代需要（即解决现实问题，建立理想国家）密切相关，人们在经验中要解决的政治问题必须假道美学问题，要让美在自由之前先行，通过美来改善时代的性格，恢复人的天性的完整性，才能使个体真正获得自由。而对于这种美学价值的实现方式，他提出一种被称为"游戏说"的理论，即艺术家不是以严峻的态度，而是在游戏中通过美来净化他的同时代人，使他们在闲暇时得到娱乐，不知不觉地从他们的娱乐中排除任性、轻浮和粗野，再慢慢地从他们的行动乃至意向中逐步清除这些毛病，最后达到性格高尚化的目的。在这种"游戏"性的审美状态中，真正的艺术作品使人们通过对其之赏析获得自由，而这种自由正是人在感觉时（被感性所支配）或思绪时（被理性所支配）由于片面的强制所丧失了的，通过在审美游戏的高级阶段中建立起处于感性王国和理性王国之间的美的假象王国，平等自由的理想将得以实现。同时，这种审美假象与逻辑假象完全不同，前者具有"游戏"性，而后者具有欺骗性［审美假象与现实和真理有严格的界限，它并不冒充也无须冒充现实和真理，它是正直的、自主的，而逻辑假象则与现实和真理相混淆，伪装现实和真理，是虚假的、离不开（实在）的］，判断审美假象要根据美的法则，因此，诗人既不可把自己的理想当作实际的存在，也不可把自己的理想当作达到某种特定的实际存在的手段，人按自己的法则对假象的任意对待，只限于假象的世界，即比如诗歌之中。此外，对于这种美的假象王国的建立，他还提出一种"活的形象"的概念，即形式冲动与感性冲动的共同对象，或是人性的完满实现，这种"活的形象"以让状态统一于形式的一体性而获得无限为目标，在以"形式"为其本体的同时，也不放弃状态与感觉。他指出，"只有当他的形式活在我们的感觉里，他的生命在我们的知性中取得形式时，他才是活的形象"，同时，这种"活的形象"还要求一种对"质料"的克服，要求超越内容材料的个别性，以获取一种具有普遍性的艺术感染力，对此，他有个关于神庙的举例，即"1 世纪的罗马人已经在皇帝面前下跪，而众神还巍然矗立；当群神早已成为人们取笑的对象时，神庙在人的眼里仍然是神圣的；宫殿本来是用以掩饰尼禄和康茂德的卑鄙行径的，但宫殿的高贵风格却使那些行径感到羞愧"，也就是说，虽然神庙的内容早已为人们所鄙弃，但因其高贵的美的形象克服了内容，从而获得了美的永恒性。①

而与之相似，许多"朦胧诗人"也曾谈及关于如何在诗歌中建立起和谐自然的"一体性"的思考，希望通过诗歌世界的建立，建构出一种独立的审美空间，或是一种鲜活的审美形象，从而恢复一度被压制的"人"的个性与尊严。如北岛曾提及，"诗人应该通过作品建立一个自己的世界，这是一个真诚而独特的世界，正直的世界，正义和人性的世界"②；芒克也指出，"诗人要创造的是自己的世界，这

---

① ［德］弗里德里希·席勒：《审美教育书简》，冯至、范大灿译，上海人民出版社2003 年版。

② 老木编：《青年诗人谈诗》，北京大学五四文学社 1985 年印刷，第 2 页。

个世界就是理想的诗的世界"①；顾城则以充满诗意的口吻谈到，"我要用我的生命，自己和未来的微笑，去为孩子铺一片草地，筑一座诗和童话的花园，使人们相信美，相信明天的存在，相信东方会象太阳般光辉，相信一切美好的理想，最终都会实现"②；同时，杨炼也提出，"一首成熟的诗，一个智力的空间，是通过人为努力建立起来的一个自足的实体。诗的能动性在于它的自足性：一首优秀的诗应当能够把现实中的复杂经验提升得具有普遍意义，使不同层次的感受并存，相反的因素互补，从而不必依赖诗之外的辅助说明即可独立；它的实体性，在于它本身就是一个意象，一个象征，具有活生生的感觉的实在性。它不解释，而只存在。由于存在使读者在不知不觉中被渗透、改造、俘获而置身其中"③；此外，江河曾谈到，"诗不是大白话，也不是华丽的修辞，诗，是生命力的强烈表现，在活生生的动的姿势中，成为语言的艺术"④，"诗的最高境界是和谐，生机静静萌动。我若能在这样的心境上站上一会儿，该有多好"⑤；田晓青也指出，"诗人就象是原始时期的祭司，试图用一个形象使自己的神显现。而他不知道这个神是不具形体的。他为此苦恼，直到灵感闪电般地击中了他；这时，这个形象体现为对神的召唤，具有了永恒的神性，而神则使这个形象成为自己的象征"⑥。

关于"朦胧诗"中这种对"一体性"的寻求，本章将结合具体文本，从审美性主体形象的塑造、审美性精神世界的建立及语言空间的深入三方面进一步展开论述。

---

① 《今天》1980 年第 3 期，第 61 页。
② 老木编：《青年诗人谈诗》，北京大学五四文学社 1985 年印刷，第 41 页。
③ 老木编：《青年诗人谈诗》，北京大学五四文学社 1985 年印刷，第 76 页。
④ 《今天》杂志（文学资料之一），1980 年 10 月，第 14 页。
⑤ 老木编：《青年诗人谈诗》，北京大学五四文学社 1985 年印刷，第 76 页
⑥ 《今天》1980 年第 3 期，第 60 页。

第一节 审美性主体形象的塑造

在"朦胧诗"中,通过"活的形象"的构建,以完成对"一体性"的建立,这种尝试首先表现为一种对于审美性主体形象的塑造,即在诗歌中塑造出一种主体形象,诗人通过对这一形象进行文学处理,在其中加入带有普遍性的象征意义,从而使其在诗人所搭建出的诗歌话语舞台中,展现出一种独特的审美性意味。

其中,正如前文在分析"朦胧诗"中的英雄意识时曾谈及的,在北岛的诗歌创作中,"受难者"与"反抗者"的形象尤其突出。对此,耿占春在其著作《失去象征的世界——诗歌、经验与修辞》中提到:"围绕着《今天》的诗人们最初的抒情主体的想象性身份具有社会真实的象征性:比如北岛诗歌中的反抗者,受难者,有时北岛在受难者的身份中融合了审判者,他在诗歌话语中建构了一个道义的法庭,以接受逼问的方式进行宣判与挑战。这些身份把诗人和他的诗歌通过修辞学把他们置身其中的世界想象为或者塑造成关于反抗与受难的戏剧,以独特的方式把他们生活于其中的历史戏剧化,他们的诗人使命在这样的戏剧结构中承担着想象的然而具有真实性的社会批评功能。"[1] 吴晓东在《北岛论》一文中也指出,"其朦胧诗阶段的写作贡献了一种反叛时代的'政治的诗学',塑造了一个审美化的大写的主体形象","这个主体在审美层面的积淀和生成,是北岛诗歌得以流传和经典化的原因之一"[2]。

在北岛的诗歌作品中,"受难者"形象一方面表现为被动的"受创"。如在《一切》一诗中,诗人写道,"一切都是命运/一切都是烟

---

[1] 耿占春:《失去象征的世界——诗歌、经验与修辞》,北京大学出版社 2008 年版,第 107-108 页。

[2] 吴晓东:《二十世纪的诗心——中国新诗论集》,北京大学出版社 2010 年版,第 1、10 页。

云/一切都是没有结局的开始/一切都是稍纵即逝的追寻"①，在一系列排比中，表达出一种被"命运"，或者说被其生存于其中的时代环境所禁锢的无力感，一种理想难以实现的挫败感，以及一种由于希望的一再落空，而产生的对于"美好未来"是否会到来的怀疑感；而在其诗作《无题》中，诗人也写道，"那桅杆射中的太阳/是我内心的囚徒，而我/却被它照耀的世界所放逐"②，这一诗句体现出"我"在"世界"中所感受到的距离感，其中，"放逐"这一语词指向一种由于犯了罪，或打破了某种规则，而受到的被流放到边远地区的惩罚，将"我"被太阳照耀的世界"放逐"，与太阳是"我"的"囚徒"相对，则生发出一种反差力，展现出一种以追求"光明"为罪过的时代的荒谬感与颠倒感。另一方面，"受难者"形象也表现为一种主动的"承担"。正如其著名诗作《回答》写道，"如果海洋注定要决堤，/就让所有的苦水都注入我心中，/如果陆地注定要上升，/就让人类重新选择生存的峰顶"③，其中表现出一种自我牺牲的承担意识。鲁迅曾在其杂文《我们现在怎样做父亲》中谈到："但中国的老年，中了旧习惯旧思想的毒太深了，决定悟不过来。譬如早晨听到乌鸦叫，少年毫不介意，迷信的老人，却总须颓唐半天。虽然很可怜，然而也无法可救。没有法，便只能先从觉醒的人开手，各自解放了自己的孩子。自己背着因袭的重担，肩住了黑暗的闸门，放他们到宽阔光明的地方去；此后幸福的度日，合理的做人。"④ 而北岛诗作中所塑造出的这种"承担者"的形象，或许也与所谓"肩住了黑暗的闸门"的形象不无相似。同时，北岛也在《回声》一诗中写道，"回声找到你和人们之间/心理上的联系：幸存/下去，幸存到明天/而连接明天的/一线阳光，来自/隐藏在你胸中的钻石/罪恶的钻石/你走不出这峡谷，因为/被送葬的是你"⑤。在诗中，诗人一方面表达出

① 北岛：《履历：诗选1972～1988》，生活·读书·新知三联书店2015年版，第16页。
② 北岛：《履历：诗选1972～1988》，生活·读书·新知三联书店2015年版，第81页。
③ 北岛：《履历：诗选1972～1988》，生活·读书·新知三联书店2015年版，第13页。
④ 钱理群编：《鲁迅杂文选》，长江文艺出版社2005年版，第2页。
⑤ 北岛：《履历：诗选1972～1988》，生活·读书·新知三联书店2015年版，第89页。

对于"幸存"的渴望,另一方面又指出因为作为主体的"你"内心中所隐藏的与过去无法割断的联系,因此"你"注定与过去一同"被送葬"。另外,在《同谋》一诗中,诗人更指出,"我们不是无辜的/早已和镜子中的历史成为/同谋,等待那一天/在火山岩浆里沉积下来/化作一股冷泉/重见黑暗"①,诗句中体现出一种作为时代参与者,对于时代印迹的无法摆脱,及对于时代罪恶的无法推脱。但即使"被送葬",即使将"重见黑暗",即使自己无法重生,作为"我"或"我们"的主体,也依然"等待"着"那一天"的到来,希望下一代能因此获得光明,明天的"人类"能"重新选择生存的峰顶",期待着"新的转机和闪闪星斗,/正在缀满没有遮拦的天空,/那是五千年的象形文字,/那是未来人们凝视的眼睛"②。

而由被动的"受创"所生发出的,是一种作为怀疑者,为自身尊严抗争的反抗者形象,比如同样在《回答》一诗中,诗人也写道:"我不相信天是蓝的,/我不相信雷的回声,/我不相信梦是假的,/我不相信死无报应。"③诗句通过将"天是蓝的""雷的回声""梦是假的"这三种在人们一般常识中被肯定的现象,与"死无报应"这一与普遍道德观念相悖的说法并置,体现出在现实社会中,价值颠倒,作恶者肆意妄为,无须为其恶行付出代价的混乱景象;而通过对连同"天是蓝的"等一般常识的一并怀疑,也表达出诗人一种不惜一切的坚决意志,即即使"死无报应"这一荒诞现象已经像一般常识一样牢牢驻扎在社会认知体系之中,已经被屡经沧桑的人们所习惯、所接受,他也要坚定地对此发出怀疑,不放弃自己独立思考与判断的权利。另外,在《宣告——献给遇罗克》一诗中,诗人也写道,"我并不是英雄/在没有英雄的年代里/我只想做一个人","宁静的地

---

① 北岛:《履历:诗选1972~1988》,生活·读书·新知三联书店2015年版,第82-83页。

② 北岛:《履历:诗选1972~1988》,生活·读书·新知三联书店2015年版,第13页。

③ 北岛:《履历:诗选1972~1988》,生活·读书·新知三联书店2015年版,第13页。

平线/分开了死者和生者的行列/我只能选择天空/决不跪在地上/以显出刽子手们的高大/好阻挡那自由的风"①,其中表达出"我"不得不反抗的原因,表达出自己的目的并不是想成为"英雄",而是由于连"做一个人"的权利也被剥夺,因此必须反抗,因为不愿"跪在地上",所以"只能选择天空"。此外,由主动承担苦难而生发出的,则是一种敢于挑战、无所畏惧的开创者形象。如《回答》中写道,"告诉你吧,世界/我——不——相——信!/纵使你脚下有一千名挑战者,/那就把我算作第一千零一名"②。在这一宣言式的表述中,诗人表达出一种甘愿成为前仆后继的挑战者中的一员,即使会像前一千名挑战者一样被踩在脚下,即使要牺牲自我,也坚持要站出来发出呼喊的反抗精神。又比如在其另一首以《无题》为名的诗作中,诗人也写道,"把我埋葬掉吧/用你的欢乐/用你采集的阳光和新叶/堆叠起来,覆盖着我的姓名/记住,可别哭泣/我怕泪水打湿了我的记忆/诗笺和沉默的嘴唇"③,通过将"我"的"埋葬"与"你"的"欢乐"相对应,以及让自己的"姓名"被具有新生意味的"阳光"和"新叶"覆盖,也表达出一种"为他"的开拓精神。值得一提的是,无论是"为己"的反抗者形象,还是"为他"的开拓者形象,在诗人笔下,都通过一个共同的愿望,即争取作为"人"的权利,创造个体能作为真正的人而自由生活的未来,而被串联、合成到一处,从而创造出一个大写的审美主体。

如果说北岛笔下所创造出的审美主体,是一个充满阳刚之气的反抗者、开拓者形象,那么,舒婷笔下所创造的,或许更多的是一个充满柔情却不失坚强的疗愈者、包容者形象。正如徐敬亚在《奇异的光——〈今天〉诗歌读痕》一文中指出,"她的诗,在冷静中有一种

---

① 北岛:《履历:诗选 1972~1988》,生活·读书·新知三联书店 2015 年版,第 47 页。

② 北岛:《履历:诗选 1972~1988》,生活·读书·新知三联书店 2015 年版,第 12-13 页。

③ 北岛:《无题》,载《今天》1980 年第 2 期(诗歌专辑),第 26 页。

女性的柔美和细腻，单纯而恬雅"①。孙绍振也在"朦胧诗论争"初期便谈及，舒婷"在我们新诗画廊中增添了一个新角色，一个非英雄的平凡的角色，但又往往以英雄主义勉励自己的以陌生而特异的丰采而引起了注意的角色"②。而陈仲义更进一步指出："突入女诗人情感轨迹及其情感品质的表层，我们会发现支撑它的深层核心乃是那个'泛爱主义'。关于'爱'的宣言不过只言片语，但从她的大量思念、赠别、怀乡、悼念、梦月、无题中可以强烈感受到一股爱的暖流。她的依恋温情，怜悯，恐惧残暴的天性，她的基督教氛围圈，有关良心，宽恕，自我完善的熏陶，她的极为敏感，容易受伤，推己及人的移情式气质和同情心成为那股暖流的河道。这样它就历史地，自然而然地流向人本主义的归途，且在20世纪80年代把人道主义的诗歌旗帜举得高高。"③ 与之相应，舒婷所创造出的这种审美主体，一方面表现为一种鼓励者与慰藉者形象，另一方面表现为一种既柔弱又坚强的重情者形象。

如在其诗作《这也是一切——答一位青年朋友的〈一切〉》④中，通过对北岛的诗作《一切》的应答，舒婷表达出一种对于人性的信任，及由此所生发出的，对于未来的乐观精神。她在诗中写道，"不是一切真情/都流失在人心的沙漠里"，"不是一切火焰/都只燃烧自己/而不把别人照亮"，从中表现出对于"真情"、对于人性中的奉献精神的相信；同时，她还写道，"不是一切梦想/都甘愿被折掉翅膀"，"不是一切心灵/都可以踩在脚下，烂在泥里"，这一类表述表达出对于"人"的信念的坚定。因此，诗人劝慰并鼓励道："一切的现在都孕育着未来，/未来的一切都生长于它的昨天。/希望，而且为它斗争，/请把这一切放在你的肩上。"诗句再次肯定了"希望"与

---

① 徐敬亚：《奇异的光——〈今天〉诗歌读痕》，载《今天》1980年第3期，第69页。

② 孙绍振：《恢复新诗根本的艺术传统——舒婷的创作给我们的启示》，载《福建文艺》1980年第4期，第62页。

③ 陈仲义：《中国朦胧诗人论》，江苏文艺出版社1996年版，第86页。

④ 本段所引舒婷《这也是一切——答一位青年朋友的〈一切〉》一诗诗句选自舒婷《舒婷的诗》，人民文学出版社1994年版，第39-40页。

"斗争"的价值和意义。值得一提的是，从一系列"不是一切"后面所提及的令人感到悲观的景象中，或许也可看出，诗人并非对现实的残酷无所感应，而是在有着深切体验的基础上，更为感性地选择相信精神的力量，相信爱与美的能量能包容苦痛与丑陋。关于这一点，或许也正如陈仲义所指出的，舒婷属于"封闭型诗人"，即"以自我心灵历史作为创作根本轴心，一切围绕着自我体验的圆周旋转，大凡外部世界，哪怕多么重大的事件，多么动人的奇迹，倘若尚未触及他们固有的敏感区域，尚未拨动（接通）他们隐藏甚深的'触点'，即使提供极好的创造条件，也无法打开他们的感情'阈限'，引发他们的灵感喷口"，这类诗人"始终捍卫他们自我的纯洁性，绝不轻易转移自己独特的'这一块'敏感区域"，因此，"十年兽道造成人与人之间情感上的隔膜，伤害，贫困，麻木，泯绝，一旦触及到女诗人心灵世界中那些'善良，依恋温情，反对暴力'的天性时，她便本能地很快做出接收反应。借托日常的送友，赠别，遥寄，怀乡，思念来张扬她所理解的几乎沦丧殆尽的'人性'、'人道'和'爱'"①。而与之相应，在舒婷写给顾城的诗作《童话诗人——给 G. C.》中，诗人也写道，"你相信了你编写的童话/自己就成了童话中幽蓝的花/你的眼睛省略过/病树、颓墙/锈崩的铁栅/只凭一个简单的信号/集合起星星、紫云英和蝈蝈的队伍/向没有被污染的远方/出发"，从中表现出对于顾城所创造的略过了颓废、丑陋之景的"美"的世界的肯定，从"心也许很小很小，世界却很大很大"的表述中，体现出"爱"与"美"所能创造的精神空间之大；同时，在"你相信了"之外，她还写道，"于是，人们相信了你/相信雨后的塔松/有千万颗小太阳悬挂/桑甚、钓鱼竿弯弯绷住河面/云儿缠住风筝的尾巴/无数被摇撼着的记忆/抖落岁月的尘沙/以纯银一样的声音/和你的梦对话"，从中体现出"相信"这一行为的感染力，即通过"相信"而创造出的"爱"与"美"，可以生发更多的对于"爱"与"美"的相信，而"世界也许很小很小，心的领域很大很大"这一表述，也表现出对于

---

① 陈仲义：《中国朦胧诗人论》，江苏文艺出版社 1996 年版，第 81、83 页。

精神的巨大影响力的强调。

　　而因为对"爱"与"美"的相信，诗人笔下的抒情主体，必然也表现为一种重情者的形象。这一形象有其柔弱的一面，正如诗人在《神女峰》①一诗中所写的，"在向你挥舞的各色花帕中/是谁的手突然收回/紧紧捂住了自己的眼睛/当人们四散离去，谁/还站在船尾/衣裙漫飞，如翻涌不息的云"，通过描述神女在离别时对于恋人的依依不舍和无尽的愁绪，勾画出一个对情人充满依恋的女性形象。同时，诗人对"神女峰"这一"美丽传说"质疑道，"但是，心/真能变成石头吗/为眺望远天的杳鹤/而错过无数次春江月明"，在诗句中，诗人表达出对于神女化为石头并不认同，认为心是柔软的，拥抱更多的温情比获得所谓的"美名"更为值得。最后，诗人则提出，"与其在悬崖上展览千年/不如在爱人肩头痛哭一晚"，从而更为直接地表达出其并不回避因情而生的柔弱感，以及对于这种温情的肯定。而在其诗作《致橡树》中，诗人则表达出一种因情而生的坚强与独立。她在诗中写道，"我必须是你近旁的一株木棉，/作为树的形象和你站在一起"，"我们分担寒潮、风雷、霹雳；/我们共享雾霭、流岚、虹霓，/仿佛永远分离，/却又终身相依"。其中，"木棉"这一形象，其花朵大而红硕，枝干高大巍峨，因此而有"英雄树"的美名，诗人通过对这一意象的引用，表达出为了有力量与爱人相互支撑，为了拥有产生于两个平等的、完整的"人"之间的"伟大的爱情"，而必须坚定自我，让自己变得勇敢而坚强的信念；此外，诗人所表达出的这样一种感情，或许不仅是对于爱情，也是对于个体与国家之间关系的一种期待，即希望通过恢复"人"的独立性与完整性，使国家能更好地被建设，走向更理想、更人性的未来。因此，无论柔弱还是坚强，都是重情者这一形象所具备的重要特征。

　　而除了北岛与舒婷之外，顾城笔下所塑造的"任性的孩子"的形象、芒克所塑造的"自然之子"的形象、多多所塑造的知性的思

────────────

　　① 本段所引舒婷《神女峰》一诗诗句选自舒婷《舒婷的诗》，人民文学出版社1994年版，第218－219页。

考者形象，等等，也各有其特色，及独特的审美魅力。

　　同时，值得一提的是，本章节所提及的"诗人"形象，一方面指向现实中作为诗歌写作者的新诗诗人这一主体，另一方面也指向诗人在其诗歌创作中所塑造出的审美性主体形象，这二者之间存在着一定的联系，但并不完全等同，正如小说创作者与小说所塑造的主人公并不能画等号一样，新诗中的"诗人"形象，也是诗歌写作者的审美追求与其所处时代背景的一种反映。这种对于"诗人"这一审美形象的塑造，使诗人的写作时时呈现出一种动态感，不仅塑造出了一个作为审美对象的"诗人"形象，也呈现着这一形象的生成过程，即作为创作者的诗人自身，对其自我形象的生成过程，诗人既是主动创造，也是被动地接受着其所创造的这一艺术形象；与此同时，诗歌中的"诗人"形象，也反过来塑造着作为创作者的诗人自身，在塑造其"诗人"形象的过程中，诗人也不断成长，不断更新着自我心境。因此，这种对于"诗人"这一诗性艺术形象的塑造，通过与诗歌创作者自身真实经验的互文，也展现出一种流动的活性，体现出其自有的艺术生命力。

第二节　审美性精神世界的建立

　　除了对审美性主体形象的塑造，在"朦胧诗"中，诗人们也各自建立起存在于其诗歌话语之中的，独特而自足的精神世界。关于诗歌的意义，美国学者哈罗德·布鲁姆曾指出，"诗歌的功能在于让我们承受必将来临的死亡。在我面临危险以有来势凶猛的疾病之时，我常常大声地为自己朗诵诗歌，或者在心中默念它们，从中获得了极大的安慰"，"诗歌无法根治社会中有组织的暴力，但它可以疗救自我。

史蒂文斯称诗歌为内心暴力，正可以用它来抵御外部世界的暴力"①。而诗人通过其诗歌话语，创造出独特而自足的审美性精神空间，或许也正是实现这种自我疗救的一种方式。一方面，正如萨特在其存在主义哲学中指出，"美不是事物的潜在性"，"它作为一种不能实现的东西纠缠着世界。就人在世界上实现了美而言，他是以想象的方式实现它的"，美"暗含地被理解为事物上的不在场的东西，它通过世界的不完满暗含地被揭示出来"②，因此，"美"在一般世界中始终表现为一种欠缺，而"朦胧诗人"们在诗歌中所创造的精神世界，或许也正是对这种欠缺的填补，是一种对完满性的追求；另一方面，这种审美性精神世界的建立，也是其观照现实的一种方式，即通过一种虚拟的精神体验的制造，表现出一种与现实真实相对的，存在于"一代人"内心之中的情感真实。

如在顾城的诗歌创作中，其"童话世界"的建立已为人们所公认。这种"童话世界"的建立，或许一方面表现为诗人对于真实世界的自觉性感悟，或者说在世界中发现"我"，感悟与"我"相关的意义世界，正如诗人在《"我曾像鸟一样飞翔"》中所言，"小时候，我喜欢坐在屋顶上看下边的人，我看他们在尘土中舞动的手和脚，看他们衣服的颜色，看树枝一条条伸向天空。我爱他们，我不知道为什么；我也爱天的颜色和那些鸟，爱春天对我说的话，我不知为什么；后来通过诗才一点点想起以前的生命——我爱它们，它们是我"③。因此，诗人在《烟囱》中写道，"烟囱犹如平地耸立起来的巨人，／望着布满灯火的大地，／不断地吸着烟卷，／思索着一件谁也不知道的事情"④，诗歌虽然稚嫩，仍可见出诗人对世界自觉思考的开始。此诗写于1968年，当时，轰轰烈烈的"文革"方才进入第三个年头，

① ［美］哈罗德·布鲁姆：《诗人与诗歌》，张屏瑾译，译林出版社2020年版，第7页。

② ［法］让·保罗·萨特：《存在与虚无》，陈宣良等译，安徽文艺出版社1998年版，第265页。

③ 顾城：《顾城文选·卷一：别有天地》，北方文艺出版社2005年版，第30页。

④ 顾城：《烟囱》，选自顾城《顾城诗全集》，江苏文艺出版社2010年版，第9页。

若进一步展开联想，或不难感受到其中更多的意味。又如那首写于1970 年的《我要用……》，"我要用无数优美的诗歌，/来描绘宇宙的轮廓；/把它献给神秘的大自然，/把它献给祖国的山河，/把它献给童话世界，/把它献给太阳发出的光和热"①，在诗歌中，宇宙世界与诗人所渴求的童话世界相交织，"我"用诗歌所展现的对世界的爱，亦与"我"所渴求从世界中得到的爱——如"太阳发出的光和热"——相交织，体现出诗人之"世界"于"我"的相关意义。当然，除了对"世界"的爱，自然还有"世界"的伤感和"我"的伤感，如"生命的泉流已经枯竭，/青春的花朵已经凋谢；/向苍天伸着朽坏的臂膀，/向太阳索取最后的温暖。/暴风卷走了仅有的黄叶，/寒流带来了漫天冰雪；/象虫蛀进它干瘦的肌肉，/安然地开始冬眠。/它弯着布满皱纹的体躯，/向着漫长的岁月，/用颤抖的声音，/诉说自己的苦难"②，又如"你像尖微的唱针，/在迟缓麻木的记忆上，/划出细纹。/一组遥远的知觉，/就这样，/缠绕起我的心。/最初的哭喊，/和最后的询问/一样，没有回音"③。另外，还有"世界"和"我"的怀疑及怀疑的受挫，如"冰层绽开了——/浮起无数窒息的鱼。/它们睁大浑浊的眼睛，/似乎还在表示怀疑"④，又比如，"刚进城的小树/不安地在街头停立/市场在轮镜中/旋转得无声无息/小树刚想问路/便招来一阵唾弃/真理刚贴出广告/叫做：不许怀疑"⑤。不过，"我"与"世界"也并不总浑然一体，"世界"同时显映着生命的观照，如诗人在诗作《星星与生命》中写道，"星星望着醒和睡的人们，/大地在黑暗中鼾声沉沉；/我忽然间想到了生

---

① 顾城：《我要用……》，选自顾城《顾城诗全集》，江苏文艺出版社 2010 年版，第25－26 页。

② 顾城：《老树》，选自顾城《顾城诗全集》，江苏文艺出版社 2010 年版，第48－49 页。

③ 顾城：《蝉声》，选自顾城《顾城诗全集》，江苏文艺出版社 2010 年版，第71 页。

④ 顾城：《窒息的鱼》，选自顾城《顾城诗全集》，江苏文艺出版社 2010 年版，第90 页。

⑤ 顾城：《小树（二）》，选自顾城《顾城诗全集》，江苏文艺出版社 2010 年版，第91 页。

命，/因为生命星星和大地才有了声音。/星星眨眼星星并不知道眼睛，/大地沉睡大地并不知道梦境；/它们是死的却被说成活的，/这都是因为我们有生命。/生命散布在天地之中，/它是天地最华美的结晶；/可它一闪而过不由自主走向结束，/它看见了天地天地看不见它们"①。这首诗体现出，显现于世界之中的"我"并不是无自觉的，恰恰相反，其实正是通过"我"的感受的自觉性，而赋予了"世界"生命。

另一方面，"童话世界"的建立表现为一种超越性创造。比如在其广为流传的诗作《生命幻想曲》中，诗人写道，"把我的幻影和梦，放在狭长的贝壳里"，"没有目的/在蓝天中荡漾/让阳光的瀑布/洗黑我的皮肤"，"黑夜来了/我驶进银河的港湾/几千个星星对我看着/我抛下了/新月——黄金的锚"，"装好纽扣的车轮/让时间拖着/去问候世界"，"我把我的足迹/像图章印遍大地/世界也就溶进了/我的生命"，"我要唱一支人类的歌曲/千百年后/在宇宙中共鸣"②。在写作这首诗歌的时候，正如诗人自己所描述的，"我似乎真的进入了光的世界——太阳在高空轰响着，把白热的光，直泻在广阔的河滩上，直泻在河滩上千百个圆形的小湖里，直泻在我脱皮的手和红肿的肩上……我好像解体了，皮肤再不是我的边界，大地再不能用引力把我捕获……我是那么那么地自由，随着滚热的气流在太空中浮动"，而后，戏剧性地，"当我用手指一字不改地在沙滩上写完《生命幻想曲》时，在河湾里游泳的父亲已经来到了我的身后。他说：我们放的猪已不知去向了"③。显然，现实的真实与诗人所见的幻影并不一致，甚至其实艰苦异常，然而，在诗歌中，诗人却可以安然地睡去，"合上双眼/世界就与我无关"，可以从有限的生活超越至无限，在宇宙中航行，将世界融进生命，将"我"的能量提升至最大极限。或

---

① 顾城：《星星与生命》，选自顾城《顾城诗全集》，江苏文艺出版社 2010 年版，第 10 页。

② 顾城：《生命幻想曲》，选自顾城《顾城诗全集》，江苏文艺出版社 2010 年版，第 67–69 页。

③ 顾城：《顾城文选·卷一：别有天地》，北方文艺出版社 2005 年版，第 14 页。

者，也可以说诗人在进行一种"提纯"，正如吴晓东在《汉民族的器皿：顾城的意义》一文中所阐释的，"他的诗歌，有如他从塔松上看到的那颗闪耀的雨滴，而恰恰是'一滴微小的雨水'，使他惊悟到其中'也能包容一切，净化一切'，使他发现'在雨滴中闪现的世界，比我们赖以生存的世界，更纯，更美'"，"在顾城的诗的国土中，'纯粹'是唯一一条通向天国的必经之路"①。此外，诗人在现实世界中所感受到的与他人之间的共通与隔阂，也在其诗歌世界中取得了一定的和谐感，如在其诗作《我是一个任性的孩子》中，诗人写道，"我想画下早晨/画下露水所能看见的微笑/画下所有最年轻的/没有痛苦的爱情/画下想象中/我的爱人/她没有见过阴云/她的眼睛是晴空的颜色/她永远看着我/永远，看着/绝不会忽然掉过头去"②。虽然从表面上看来，"她永远看着我"似乎掠夺了"我"的主体性，但由于这里"我的爱人"是被"我"画出来的，因此，在"她"的注视之前，早已存有了一个先在的"我"的注视，因此，在这样一种诗歌的想象之中，完成了他人与"我"的相互注视与主体性的共存，并且是在一种绝无可能威胁到"我"的存在的前提下。因此，这一场景的建立，给诗人带来了一种超越至现实之外的，完满的满足，而诗歌发表之后，无数读者陶醉其中，也使得诗人的"童话世界"与现实世界达成了一种相对的和解。

与此同时，需要指出的是，诗人的诗歌创作之路，并未停止于这一"童话世界"。1987 年，诗人历经坎坷办理了出国护照，1988 年年初正式移居新西兰，7 月初定居激流岛，重新遁入其所幻想的自然之境。诗人似乎决定重拾童年的自然幻梦，并且不同于之前将自然作为发现"我"的载体，将自身彻底的化归于"自然"之中，从而进入一种"无我"状态。诗人创作的这一状态，主要表现为向"自然"的再逃遁，及向"自我"的再逃遁两个方面。

---

①　吴晓东:《汉民族的器皿：顾城的意义》，选自吴晓东《二十世纪的诗心——中国新诗论集》，北京大学出版社 2010 年版，第 70 页。

②　顾城:《我是一个任性的孩子》，选自顾城《顾城诗全集》，江苏文艺出版社 2010 年版，第 675 页。

在遁入自然之后，顾城才发现，"自然并不美好，自然中间有老鼠、跳蚤，并不是我们度假时候所看到的自然。在没有电，没有水，没有现代文明的情况下，你必须一天到晚和自然做斗争。自然是一些吃来吃去的嘴巴"，而最主要的是，"在自然之中，发现我的本性并不像我想象的那样是属于天的，或者是属于我自己的，它是盲目的，它就像蚂蚁一样到处乱爬，像章鱼一样舞手舞脚，它停不下来"，他"把最后的幻想放在这上面，而这上面什么也没有"①。因此，顾城所遁入的自然，其实也不是真实的自然的全部。而他到底又找到了寄托，开始每天打石头——"打下的石头每天都不一样，开始要费很大的力气，要集中精力，才能把它们放好砌齐。可是慢慢地就没有感觉了，睁开眼就往山上跑，累了就下来。我觉得时间好像离开了我，我没有时间观念了。一睁眼天就亮了，一闭眼天就黑了，也没有季节，只有旱季和雨季。有一天我看见钢钎和石缝之间迸出火花来，才发现天已经黑了，山影在傍晚重叠起来，树上一只黑色的鸟停在很大的月亮里，边上的大树已经开满鲜花；多少天里我竟没有注意到它"，他"像一个婴儿那样醒来了"，"忽然醒了，就像一个孩子那样新鲜地看着这个世界"，"才发现一切都非常的美"②。顾城将这样一种转变解释为放弃自己之后得到的自由，一种"自然而然"，而笔者以为，或许这其实是由于诗人终于完成了一种置换，即打开作为诗人的心之眼，将内心中的那个美好的自然世界投射并覆盖在了真实的自然之上，唯其如此，自然作为诗人内心中长久存在的隐性王国，方才不至于崩塌，继续作为诗人内心的支撑而存在。至少，真实自然中的一部分应该是被置换了的。而实际上，诗人本人也完成了这样一种定义，将"自然"与"自然界"区分开来，即认为"自然"不只是包括西方所指的"自然界"，更是古老中国文化中所指的一种无处不在的一切之法，而一个人如果处在自然之中，也就不会有"丧失自我"

---

① 顾城：《顾城文选·卷一：别有天地》，北方文艺出版社 2005 年版，第 107–108 页。
② 顾城：《顾城文选·卷一：别有天地》，北方文艺出版社 2005 年版，第 108 页。

"寻求自我"的问题,不需要再面对"孤独感"了①。因此,我们或许也可以这么认为,即此时诗人所谓的"无我",实际上仍是"有我",并且是一种对"我"的更深进入。

这一阶段的诗歌,如《大国》——"我把楼梯钉好/看下边的冥火/一个小虫停了/那是一个站牌/一千个小虫/就是城市/这可是个泱泱大国",又如《就是这样的人》——"就是这样的土地/上边生活着人/就是这样的人/给埋进土地/叶落而长/鸟飞向天空/就是这样的人/一次次长成树/就是这样的人/手臂挥动汇成星辰",在这些诗歌中,虽然仍有着童话幻想的意味,但相比诗人最初写作《生命幻想曲》时那种无论对世界的"我"还是"我"对"我"的世界的融入感,都更增加了一种自我扩张的意味,自我的世界无限放大,融入也因此变为了一种更像是上帝似的掌控。

及至20世纪90年代,诗人写作《城》组诗及《鬼进城》组诗等诗歌时,自我再次分裂,除完成自我的进入之外,同时还完成了对自身潜意识世界的窥探。关于这样一种窥探与分裂,可以联系拉康的精神分析学理论,以《鬼进城》组诗为例,在下文中,从"我"与"自我"的相互凝视,以及梦境与死亡中的自我窥视两方面展开论述。

正如顾城自己所言,《城》与《鬼进城》都是写北京生活的现实感觉,他在梦里像鬼魂一样回到北京并觉得它是非常现实的②。而拉康的理论阐释说,无意识的主体不再是一个更深度心理层次上的我,而是"他",一个绝对的"他者"。就像梦,梦作为无意识的一种症状,是可以被意识的(诗人作为"人"对"鬼"的观看是否也可以看作一种意识呢?)。"梦是他者的话语",是他者在梦中表达他的欲望。而拉康在此基础上又重新构造了关于人格的学说,人格是分裂的,是被他者决定的,我们日常所说的"我"只是一个幻觉的自我

---

① 顾城:《顾城文选·卷一:别有天地》,北方文艺出版社2005年版,第110页。

② 顾城:《顾城文选·卷一:别有天地》,北方文艺出版社2005年版,第112 – 113页。

意象。也就是说，人在被社会化的同时已经被他化了，已经身不由己地卷进了一场存在的异化的旋涡中①。但主体对此或许并不了解。关于这一点，笔者联想起围绕主体的无知功能，拉康对弗洛伊德在《释梦》中报告的一个简短的梦的记录的阐述。这个梦就是被命名为《父亲没有觉察自己已经死去的梦》的不可思议的梦②。弗洛伊德对此的解释是说儿子渴望着给予自己俄狄浦斯情结的至高快乐的母亲，对父亲抱有敌意。然而，拉康强调必须特别关注父亲没有觉察到自己已死去这一点，因为这个梦通过父亲的死，实际上已经明确抓住了主体之死。如果把父亲读成主体就会明白，就是说，主体没有觉察到自己已经是死去的存在。但是，因为它被置换为父亲之死，所以梦的操纵者必须隐藏的主体之死被巧妙地隐藏起来。他还进一步指出，这里所说的主体实际是代表了主体中自我的一面，因此，自我被无知功能吞没，被自恋的自我形象所迷惑，变成完全没有觉察的愚蠢的国王。主体要通过把自己引渡到并非自身之场的其他场所，才开始看到它的诞生③。因此，我们不妨将"鬼"视为诗人现实性梦境中的一个主体存在，一个借以抵抗主体无知性以认识自我的手段，回到文本中就"鬼"与"人"关系的部分内容做一个分析。

　　而正如前文所言，顾城说自己是作为"人"来写的《鬼进城》，而"鬼"在诗歌中又是作为主体而存在，这样诗歌就出现了一个"你在桥下看风景，看风景的人在桥上看你"式的嵌套关系。也就是说，"鬼"是作为他者来凝视着作为自我的"人"（从某种意义上我们也可以将其理解为一种客体凝视），而诗人又反作为"人"来凝视"鬼"对于"人"的凝视，即诗人通过梦境的形式将自己引渡到了"人"的外部，从而使自己得以看到了"鬼"对于"人"的凝视。

---

　　① 黄汉平：《拉康与后现代文化批评》，暨南大学博士学位论文，China Academic Journal Electronic Publishing House 1994－2009，第56页。

　　② 一个男子长期看护重病的父亲，后来他失去了父亲。父亲死后，他一再经历一个奇怪的梦，就是那个本已死去的父亲复活了，自己和父亲像平常一样谈话。但是，在梦中儿子内心感到父亲不知道自己死去，因而非常地伤心。

　　③ ［日］福原泰平：《拉康：镜像阶段》，王小峰、李濯凡译，河北教育出版社2001年版，第131－134页。

如"星期二"中的片段：

> 鬼闭眼睛
> 就看见了人　睁开
> 就看不见了

在这里"鬼"所看到的"人"，应该是既包括"鬼"所凝视的作为自我的"人"，又包括被引渡到自身之外的作为"人"的存在的。也就是说，"鬼"闭眼睛，即不看，不过不看并不代表不知——这一点是我们所需要注意的——反而会因为不看而避免受到诸多假象的影响，从而更真切地知，从而发现处于"人"的自身之外的"人"的存在（这一存在还保有其自我性，于"鬼"而言无疑是一种待消除的异类）。而"鬼"睁开眼，面前应该就是那些处于其凝视之下并已为其所控制的"人"了。而这些"人"由于主体的无知性，自我已经几乎被作为"鬼"的他者吞噬殆尽，其自我不存在或太微弱，自然也就"看不见"了。

又如"星期四"中的片段：

> 鬼审　　圆珠笔
> 　　绕花
> 　开一朵要三分
> 圆珠笔绕过一些成人
> 把他们缠住　滚一个球
> 把他们吃掉

对此，我们是否可以将其理解为"鬼"作为"他者"对"成人"——拥有一定的社会知识，因而会因为这些"知识"而接受被"他者"/社会定义的各种意义的主体——的自我的控制与吞噬呢？

再比如"星期五"：

（他越来越凶）
　　推人　上玻璃
　　鬼一退

人倒变了有嘴有脸
的大饼　他不敢问自己是不是
倒了　掀开嘴看边上的汽车号码

鬼念
　　一匹马
　　五朵云　五个兵

一匹马夹在书里发狂　他同时注意到
尖下巴的作者和上边的蓬松脑袋

　　五个马　五个兵
　　　　往回走　　　将
杆　　平平　杆　　五个军
　　（他怎么走都没希望了）
那是一个北方棋局
葡萄枯黄　士兵英勇　花草茂盛
他第一次在电影里播新闻节目

　　"人"变成"有嘴有脸/的大饼","大饼"只是一种食物，并不具备意识，更遑论"人"的主体性。然而在这里，诗人说"人"已经变成了"大饼"，与普通大饼不同的地方无非是"有嘴有脸"，于是可以维持一个作为"人"的假象罢了。因此，这些作为自我的"人"也是可吞噬的，并且也因其无意识而如"大饼"一般易于吞噬。"鬼"把所有都吞了下去，于是"人"与其各种自以为的主动性行为都处于作为他者的"鬼"的控制与监视之下，即所有对自身欲望的追求都反映了他者的影响。

同时，除了与从自我分裂出的"鬼"的互相凝视之外，在诗歌之中，"梦境"与"死亡"作为主体的居所亦无处不在。

顾城曾说过："平常的生活就乌里乌涂的，就那么过，你说是你在过也行，是别人在过也行。而梦里却是剥掉一切假像的，那是直接触及你生命的真实。所以对我来说，真实未必在现实里，梦往往是最值得信赖的，它不说谎。"另外，他也曾说，"死人的人并没有消失"，"你可以看死了以后的生活，也可以回想死了以后的生活"，并且"我们可以在活时，变成幽灵，继续飘荡，也可以和每片叶子一起被冰雪覆盖；这是每个幽灵都有的恐惧，他们在成为一个幽灵的时候，就有点'像人'了。幽灵本身是不害怕的"。①

这使得笔者再次联想起拉康对于《父亲没有觉察自己已经死去的梦》的分析。正如前文所言，父亲虽然已经死去，却仍在和儿子谈话，似乎完全没有觉察到自己已经死去，而弗洛伊德的解释是儿子在自己也没有觉察到这一点的过程中，热切盼望着父亲死去。而拉康则认为这一解释变为了弗洛伊德对其自身略微感到的不安的一种防卫，它巧妙隐藏了在其前面抵达死亡的某种东西。拉康说，这个梦里就像父亲没有发觉自己死去一样，充满了自己想远离死亡的欲望。而在梦中，也只是声明了"他不知道"，却没明说"他"是父亲还是儿子，二者难以分离，被同等看待。因此，主体想通过让忘记自己死去的父亲在梦中复活，使自己远离死亡。主体虽然想本源性地恢复死去的对象，但他又拼命想忘记其中所孕育的死亡的倾向，在这种包含着死亡的倾向的律动的拔河中，主体在存在的同时，又被夺去存在。②

由此可见，诗人认为主体是可以甚至更多地是在梦境及死亡中展现其存在的。而对于这一点，《鬼进城》一诗中对"鬼"意象的引入也可以体现。

---

① 顾城：《顾城文选·卷一：别有天地》，北方文艺出版社 2005 年版，第 71 – 72、236、57、291 – 292 页。

② ［日］福原泰平：《拉康：镜像阶段》，王小峰、李濯凡译，河北教育出版社 2001年版，第 170 – 172 页。

以"星期日"为例。

　　　　"死了的人是美人"　鬼说完
　　　　就照照镜子　其实他才七寸大小
　　　　　被一叠玻璃压着　玻璃
　　　　　　　　　　擦得非常干净
　　　　"死了的人都漂亮"　　像
　　　　　　　　无影玻璃
　　　　　　　白银幕　被灯照着
　　　　　　　过幻灯　一层一层
　　　死了的人在安全门里
　　　一大叠玻璃卡片

　　　他堵住一个鼻孔
　　　灯亮了　又堵住另一只
　　　灯影朦朦　城市一望无垠
　　　·她还是看不见·
　　　你可以听砖落地的声响
　　　那鬼非常清楚
　　　死了的人使空气颤抖

　　　远处有星星　更远的地方
　　　还有星星　过了很久
　　　他才知道烟囱上有一棵透明的杨树①

　　从文本中我们可以看到，"鬼"——"死了的"或梦境中的状态——在这里是被定义为具备自我意识的存在个体（对此，"说"这一动词的使用也颇具意味）。"他才七寸大小""被一叠玻璃压着"

---

① 顾城：《顾城作品精选》，湖北长江文艺出版社 2009 年版，第 271 页。

"玻璃/擦得非常干净"，诗人通过这一系列描述，似乎指向的是"鬼"在这里作为纪念"死了的人"的相片的存在。于是这里就发生了一个颠倒，"鬼"是有意识的，"鬼""说"出自己的思考，但无论"鬼"做什么（"他堵住一个鼻孔/灯亮了　又堵住另一只/灯影朦朦　城市一望无垠"），"她还是看不见"——原本我们以为作为真实主体而存在的"人"其实是不知的。于是，诗人对我们的普遍认知提出一个挑战，即"死了的人"比我们平时所定义的"人"更像具有主体性的"人"。

　　另外，无论是"死了的人"还是"鬼"，其实指向的也未必一定是真实的死亡，笔者以为，这些概念在这里或许更趋向于一种梦境式的虚无。"鬼"就像是"人"的潜意识，这是潜伏于虚无，像"死了的"一样，实际上却对"人"具有很大影响力的存在。这也正如诗人自己所说："弗洛伊德认为，潜意识在关注意识，意识和潜意识是人的本质。但科学研究的结果认为，潜意识也是可以被关注的，只是层次更深，不容易归结为清晰的概念而已。"[1] 这与前文阐释"他者与自我的互相凝视"时所讲的嵌套关系其实颇为相似，即"鬼"作为潜意识关注着作为意识的"人"，而诗人又通过主动对"鬼"这一意象的引入，达成了对作为潜意识的"鬼"的关注。而再进入更深一层来讲的话，二者其实也是脱不开关系的。也就是说，潜意识的存在其实也是来自"他者"（或者说"鬼"是代表着产生潜意识的他者与其所影响的潜意识，"当你真正审视自己的时候，就会发现，你以为是你的很多东西其实都是外界的、观念的，这些东西好像是我从百货商店拿来又搁置在那的，或是因为别人使用因而也勉强使用使用的，并不是我的，同我其实没有关系"[2]，甚至从历时性方面来看，正如瑞恰兹在《文学批评原理》一书中所提到的，西蒙说我们第一百次听同一首歌的时候，我们所听到的不仅是歌手在唱，而且还有九

---

① 顾城：《顾城文选·卷一：别有天地》，北方文艺出版社 2005 年版，第 268 页。
② 顾城：《顾城文选·卷一：别有天地》，北方文艺出版社 2005 年版，第 268 页。

十九个记忆中的声音的合唱①），而梦境与死亡，则是通向这种潜意识，从而达成对"鬼"的审视与关注的方式与途径。

因此，细读这样一种文本，我们不难发现，诗人的主体意识此时已完全流入潜意识的幻境之中，并使其幻想世界形成为一个不同于过去"童话世界"的，另一个完整的自给自足的精神空间，因自在世界的离场，而完全进入一种存在主义所谓的，自以为完成了主体与自我的重合，实际上丧失了面对自我的在场的，真正"无我"的自在之中。至此，或许也就不难解释诗人后期诗歌语词的混乱与最终行为的失控了。

毫无疑问，作为真正意义上的天才诗人，顾城的诗歌曾打动并仍然打动着包括笔者在内的无数的人，而其诗歌中主体意识所发生的流变，及其最终悲剧，在令人叹惋的同时，也为我们提出另一个值得沉思的问题，即作为自我宗满性补充的诗歌世界之建立，究竟应把握在怎样一个尺度之内，或许，以诗歌世界对"我"自处于真实世界的补充价值及引导价值为考量，亦不失为其中一种把握平衡的参照。

与顾城不同，在江河所创作的组诗《太阳和他的反光》中，这种审美性精神世界的建立则表现为一种对于充满象征意味的"神话世界"的建构。其中，首先表现为一种对于"神话"原型的重新利用。关于这种"神话"原型的价值，正如荣格在其《论分析心理学与诗学的关系》一文中所指出的，"它们为我们祖先的无数类型的经验提供形式"，"是同一类型的无数经验的心理残迹"，"必要的概念一经创造出来"，就"能为植根于原始意象中的无意识过程，提供一种抽象的、科学的理解。每一个原始意象中都有着人类精神和人类命运的一块碎片，都有着在我们祖先的历史中重复了无数次的欢乐和悲哀的一点残余，并且总的来说始终遵循同样的路线"，这种神话情境的再现可以使"我们不再是个人，而是整个族类，全人类的声音一

---

① ［英］艾·阿·瑞恰兹：《文学批评原理》，杨自伍译，百花洲文艺出版社1992年版，第92页。

齐在我们心中回响",而那种激动我们的力量"来自我们故乡土地的象征性价值"。因此,原型的影响之所以"激动着我们",是因为"一个用原始意象说话的人,是在同时用千万个人的声音说话。他吸引、压倒并且与此同时提升了他正在寻找表现的观念,使这些观念超出了偶然的暂时的意义,进入永恒的王国。他把我们个人的命运转变为人类的命运,他在我们身上唤醒所有那些仁慈的力量,正是这些力量,保证了人类能够随时摆脱危难,度过漫漫的长夜"。① 在诗人的组诗中,对盘古、女娲、夸父、精卫、后羿、刑天等神话原型的运用,也都承载着这些形象自身所包含的文化意识与民族精神,这使读者在看到诗题时,脑海中会先浮现出一个已经预先存在于自身精神体系中的概念,会对此产生一种更深的亲近感,而诗人在此基础上进行再创作,无论是对原有意义有所补充,还是进行一种悖反性创造,都能对其原有的"共通性"有所继承,从而使其情感传达得更为广阔。

　　其次,关于"一代人"与传统的关系,诗人自身也指出,"传统永远不会成为一片废墟。它像一条河流,涌来,又流下去。没有一代代个人才能的加入,就会堵塞","如果楚辞仅仅遵循诗经,宋词仅仅遵循唐诗,传统就会凝固。未来的人们讲到传统,必然包括了我们极具个性的东西。当然,过去的传统会不断地挤压我们,这就更需要我们百折不挠的全新的创造。不但会冲掉那些陈腐的东西,而且会重新发现历史上被忽略的东西,使传统的秩序不断得到调整"②。因此,在其"神话世界"中,除了对传统原型的重新利用,同时也加入了与时代精神,或与诗人个人经验相关的象征性意味。比如在《射日》③ 一诗中,诗人写道,"泛滥的太阳漫天谎言/漂浮着热气　如辞藻/烟尘　如战乱的喧嚣/十个太阳把他架在火上烘烤/十个太阳野蛮地将他嘲弄/他象群兽,围着自己逡巡"。关于这一诗段所包含的象

---

　　① ［瑞士］卡尔·格式塔夫·荣格:《荣格文集》,冯川译,改革出版社1997年版,第216－217页。

　　② 《今天》杂志(文学资料之一),1980年10月,第15页。

　　③ 本段所引江河《射日》一诗诗句选自江河《太阳和他的反光》,人民文学出版社1987年版,第13页。

征意味,陈大为在《江河"现代神话史诗"的英雄转化与叙事思维》一文中的阐析或可作为参考。作者指出,"任何一件改朝换代的大事,真正置身危机与生存压力之中的,仅仅是那少数的策动者与执行者,他们所承受的精神压力和苦难都铭记在文字之外,在广大民众体验和想象之外。'射日'的素材,正好可以寓指崛起的诗群面对前行代诗人的'权威'之挑战。神话中的十个太阳,被江河塑造和定位为失控、野蛮、无知,铺天盖地却乱无章法的言论力量","置于主流诗界的烈阳下被烘烤与嘲弄着的后羿,即是朦胧诗人的化身"①。同时,诗人还写道,"团团火焰的红色大弓/射中了他,穿过他的/生命、激情和奇遇/那破灭的年纪荡然烧成/一片沉寂的废墟/残存的石头上可辨模糊的训言:/去除虚妄的……勿浪费火/留有最后的太阳唯一的珍宝"。在这一诗段中,通过"红色大弓"这一表述,将后羿射日的传说颠倒过来,变成后羿先被太阳射中,从中也表现出一种来自革命话语和权威的压制与伤害;而"破火的年纪"被烧得只剩"废墟",或许是指向"一代人"青春的虚掷;此外,"去除虚妄",只"留有最后的太阳",则指向对于虚假"理想"的摒弃,以及对于作为"唯一的珍宝"的真正的太阳的留存,即保留对于真正值得为之斗争的理想,如恢复"人"的价值,重建"人"的尊严这一目标的激情与赤诚之心。另外,对于"射日"这一情节,诗人没有大幅渲染,而是简单地一笔带过,只写了一句,"他起身做了他应该做的",对此,或许也正如陈大为所言:"这神来一笔,是全诗最单薄又最厚实的部位。江河完全颠覆了大家的期待视野,也高度压缩了他对这段诗史经历的感受和态度。很多看似不可一世的壮举,事过境迁之后,对后人而言可能根本不值一提,只有当事人知道事件的价值和背后的艰辛。尤其在英雄光环逐渐消散之后,无比艰巨的革命在众人

---

① 陈大为:《江河"现代神话史诗"的英雄转化与叙事思维》,选自江汉大学现当代诗学研究中心、《江汉学术》编辑部主编《群岛之辨:"现当代诗学研究"专题论集》,长江文艺出版社 2014 年版,第 19 页。

眼中已变得无足轻重，平凡得可以一笔带过。"① 而从这一诗段的分析之中，或许也不难看出诗人对于传统神话的颠覆与重塑，及其因此所建构出的，与"一代人"精神体验并不等同，却又息息相关的，既包含着宏大性，又包含着对宏大价值的解体的一种独特的神话世界。

除此之外，北岛所建立的对抗性世界、梁小斌所建立的具有象征意义的日常世界及根子所建立的充满粗暴感的精神世界等，诸如此类，也各自显露出其特殊美感与自足性。

第三节　语言空间的深入

在"朦胧诗"中，对"一体性"的追求，还表现为一种对语言空间的深入，即通过挖掘诗歌语言自身所具备的内涵与生命力，希以创造出一种"活"的语言，在诗歌中表现出一种语言的自足性，及形式的完备性。

胡戈·弗里德里希在分析现代抒情诗时指出："现代抒情诗即使在以最晦涩的方式言说或者以最随意的方式行进时，也还是能以其结构被认识。在超离现实和常规的追求中的内部逻辑性，以及最大胆的语言改造中的自设法则都是一具抒情诗人和一首诗的质量证明。诗歌的古老法则，即具有明显的艺术性，没有被取消。只是这个法则从图像和理念中退出，转到了挣脱意义的语言折曲和张力曲线上。即使那些折曲是在晦暗的、可随意解释的材料上显示自身的，它们还是能发挥强制性作用；如果它们确实如此，那这就是首好诗。人们将逐渐学会借助这样的证明来区别时髦的先锋派和超凡的天遣之才，区别招摇

---

① 陈大为：《江河"现代神话史诗"的英雄转化与叙事思维》，选自江汉大学现当代诗学研究中心、《江汉学术》编辑部主编《群岛之辨："现当代诗学研究"专题论集》，长江文艺出版社 2014 年版，第 19 页。

撞骗者和真正的诗人。"① 而与之相似，"朦胧诗人"在其创作中，也表现出一种对于诗歌形式艺术性的思考与探索，希以从中建立起一种为诗歌所特有的"诗性"。

其中，关于多多的诗艺探索，正如 1988 年"今天文学社"在授予其首届"今天诗歌奖"时在颁奖辞中指出："自 70 年代初期至今，多多在诗艺上孤独而不倦的探索，一直激励着和影响着许多同时代的诗人。他通过对于痛苦的认知，对于个体生命的内省，展示了人类生存的困境；他以近乎疯狂的对文化和语言的挑战，丰富了中国当代诗歌的内涵和表现力。"② 这一点，在多多的诗作中，表现为对于语言精确度的追求、对于语言神性的强调，及对于语言自主性的发掘等方面。

如多多在其诗作《语言的制作来自厨房》中写道，"要是语言的制作来自厨房/内心就是卧室。他们说/内心要是卧室/妄想，就是卧室的主人"③。其中，"厨房"是制作人赖以生存的食物的地方，而"卧室"是休息、独处的场所，诗人通过以"妄想"为"主人"，以"语言"与食物相对，从而体现出"语言"是"妄想"赖以生存之物，是"妄想"的重要养分；此外，"制作"一词蕴含着一种带有工匠气质的打磨、雕琢意味，将"语言"作为"制作"的对象，也表达出诗人对于语言精细度和美感的强调。同时，这一诗段本身也呈现出一种语言上的准确性，通过精确的比喻，传达出诗人自身对于诗艺的一种思考，关于这一点，正如王凌云在《比喻的进化：中国新诗的技艺线索》一文中所指出的，多多是"真正带来新诗的感知革命的诗人"，他"为我们贡献出了难以记数的活蹦乱跳的比喻"，他的诗"展示出他在知觉、想象力和戏剧性方面的天赋"，"无论使用任何形象和比喻，都具有极高的可信度，这些形象仿佛都处在一种可感

---

① ［德］胡戈·弗里德里希：《现代诗歌的结构：19 世纪中期至 20 世纪中期的抒情诗》，李双志译，译林出版社 2010 年版，第 199－200 页。

② 多多：《里程》，香港今天文学社 1989 年刊行。

③ 多多：《语言的制作来自厨房》，选自多多《诺言——多多集 1972～2012》，作家出版社 2013 年版，第 96 页。

知的具体情境中"①。另外，在其诗作《技》中，诗人也写道，"百年来日暮每日凝聚的一刻/夕阳古老的意志沿着红墙移下/改造黄金——和锈穿红铜的努力啊"，"使得时间的飞逝，有如词语/浅浅地播洒过虚无，'静'/在一块高地上倾斜/———一阵铁的腥气"②，诗句通过将"词语"的"播洒"与"时间"的"改造"相类比，也强调出语言本身对于意义的生产作用。

同时，多多还强调语言中的"神性"特质，正如他在《醒来》③一诗中写道，"枯叶落地 伤痕变紫/原来都是一种记忆/我们啊 接受唯一的赐予/洁净的睡眠洁净的语言"。关于这一诗段，李海英在其分析文章中也有所阐释，作者指出，"对诗人而言，语言是一种'神赐礼物'"，"这个礼物是诗人最渴望的"④。而除了认为语言是神"赐予"的礼物，以"洁净"一词形容语言，也体现出诗人对于语言纯粹性的看重。另外，在诗中，诗人还以"洁净"一词形容了"天空""嘴唇"和"睡眠"，从而通过同样的形容，将这三种意象与"语言"并置，其中，"天空"具有开阔的意味，是一种高远之物，"睡眠"与梦境相关，展现出一种无所防备的虚幻状态，而"嘴唇"则具有传达爱意与温情的功能，从这样一种并置中，或许也可看出诗人赋予语言的超越性特质。除此之外，诗人在诗中还写道，"别召唤，就会到来/欲望原是金黄的谷粒/听我说 唯一的唯一的/洁净的语言洁净的语言"，表现出一种灵感的可遇而不可求。而全诗中回环往复的语式，对"洁净的语言"的反复咏叹，也与诗人想要表达的

———————

① 王凌云：《比喻的进化：中国新诗的技艺线索》，选自江汉大学现当代诗学研究中心、《江汉学术》编辑部主编《群岛之辨："现当代诗学研究"专题论集》，长江文艺出版社 2014 年版，第 87 页。

② 多多：《技》，选自多多《诺言——多多集 1972～2012》，作家出版社 2013 年版，第 113 页。

③ 本段所引多多《醒来》一诗诗句选自多多《诺言——多多集 1972～2012》，作家出版社 2013 年版，第 90 页。

④ 李海英：《"语言的制作来自厨房……"——简论多多诗歌语言的流变》，选自江汉大学现当代诗学研究中心、《江汉学术》编辑部主编《群岛之辨："现当代诗学研究"专题论集》，长江文艺出版社 2014 年版，第 138 页。

意义相应,表现出一种唱诗般的空灵感。

另外,关于重视语词自主性的问题,在后来的访谈中,诗人也曾谈道:"至少词要从现实中挣脱出来。要从被现实的有限性所禁锢的内部出来。其实'出来'就是言说。诗人的任务就是把它'言说出来'。我们经常停留在'言说'中,但是并没有'言说出来'。什么叫'出来'?就是对存在对词语存在的发掘。可能我从很年轻时就开始在干这个了。每天像农民一样在这里发掘、耕种。大概就是干这种工作。"① 对此,比如在其诗作《字》中,诗人也指出,"它们是自主的/互相爬到一起/对抗自身的意义/读它们它们就厮杀/每天早晨我生这些东西的气/我恨这已经写就的/简直就是他写的",在其中特别强调了语词的"自主"性,体现出不同语词组合在一起所形成的具有动态感的,彼此间既相互吸引又相互对抗的独特张力,而感觉自己所写就的文字"简直就是他写的",也体现出诗人与语言之间的一种相互作用,而并非简单的控制与服从的紧张关系。而在这一诗段中,"爬"这一语词表现出一种手脚并用的姿态,"厮杀"则包含着拼命搏斗的惨烈意味,通过对这类语词的运用,诗人也表现出一种戏剧感,一种语词所自带的生命感与力量感,从而通过语词形成一种直观的冲击力,使读者在试图咀嚼诗歌的内容之前,便已对诗歌的情感基调有所感应,并直接感受到一种超出意义表达的激烈感与紧张感。

与多多不同,杨炼对于语言空间的深入,则更多地体现为一种智力空间的创造,一种通过语言对复杂经验的整理。正如诗人自身所指出的,"'能动的'诗要求诗人形成自身熔哲学、历史、现实和艺术观于一炉的意识结构,不是世界迫使他作出反映,而是他的发现迫使世界袒露出真实'能动的'诗的特点,是依靠想像的逻辑归纳,整理人类的复杂经验,并使之体现于坚实的诗歌结构","智力的空间作为一种标准,将向诗提出:诗的质量不在于词的强度,而在于空间感的强度;不在于情绪的高低,而在于聚合复杂经验的智力的高低;

---

① 凌越、多多:《被动者得其词》,载《当代作家评论》2011年第3期,第58-59页。

简单的诗是不存在的，只有从复杂提升到单纯的诗：对具体事物的分析和对整体的沉思，使感觉饱含了思想的最大纵深，也在最丰富的思想枝头体现出像感觉一样的多重可能性。层次的发掘越充分，思想的意向越丰富，整体综合的程度越高，内部运动和外在宁静间张力越大，诗，越具有成为伟大作品的那些标志"①。而与之相应，在诗人的具体创作中，正如陈仲义所指出的，"这种空间诗表现出如下三个显著特点"：其一是"网络状共时性特点"，其二是"复合经验的智性特点"，其三是"多重效应特点"②。

其中，"网络状共时性特点"不仅表现为意象群的使用，同时指向一种在同一时间将多个角度、多个主体的动作并置的尝试。关于这一点，正如诗人在《诺日朗》组诗开头写道，"高原如猛虎，焚烧于激流暴跳的万物的海滨/哦，只有光，落日浑圆地向你们泛滥，大地悬挂在空中"，"强盗的帆向手臂张开，岩石向胸脯，苍鹰向心……/牧羊人的孤独被无边起伏的灌木所吞噬/经幡飞扬，那凄厉的信仰，悠悠凌驾于蔚蓝之上"③。在这一诗段中，不仅每一句诗的主体不一样，而且，即使在同一句诗中，也存在着主体与角度的变化，如在第一句中，先是将"高原"比作"猛虎"，既而又将其当作"焚烧"的对象，使其由主体转为客体，而视角也转向"海滨"和"激流"，而在"海滨"的短语中，激流又是"暴跳"这一动作的主体，各种主体与客体、定语与状语相互交错，诗人在诗句中所表现出的复杂的空间感与多维性，由此可见一斑。

而"复合经验的智性特点"，则是在"多种层次的心绪、体验、各种感觉、知觉"的"相互渗透交混冲突汇合"中，将感性充分展开，从而使"深刻的理性"体现于其中④。对此，诗人在《朝圣》一诗中表述道，"你是圣地。伟大的岩石/像一个千年的囚徒/由雕塑

---

① 老木编：《青年诗人谈诗》，北京大学五四文学社 1985 年印刷，第 74、80 页。

② 陈仲义：《中国朦胧诗人论》，江苏文艺出版社 1996 年版，第 224 页。

③ 杨炼：《诺日朗》，选自杨炼《杨炼创作总集 1978—2015（卷二）——礼魂及其他：中国手稿》，华东师范大学出版社 2015 年版，第 56 页。

④ 陈仲义：《中国朦胧诗人论》，江苏文艺出版社 1996 年版，第 226 页。

鹰群的狂风雕塑着茫茫沉思/春天与流沙汇入同一片空旷/这棕黄的和谐里浸透你静的意志/时间风化了的整个记忆之上/树林被描绘，充斥绿色的暴力/你是河床下渗漏的全部清凉和愿望/又从富有节奏的手指涌出/挣脱诅咒，缓慢过滤的痛苦/在这里找到丰满的形象"①。这一诗段以包含神圣意味的"圣地"，与"伟大"却像被禁锢的"囚徒"、狂风、空旷、树林的"暴力"、"清凉和愿望"、"诅咒"和"痛苦"及"丰满的形象"等相对，体现出包含各种不同意义、不同感情色彩的意象与修辞间的相互错杂与相互作用，从而表现出一种精神世界中的众声喧哗之感。另外，这些对感觉的描述，既有直观感觉层面的，如"岩石"的伫立、"狂风"的吹拂、"流沙"的移动、"棕黄的和谐"、"河床下渗漏"的"清凉"，等等，又有必须通过想象才能体会的，如"岩石"与"囚徒"之间的联系、"狂风"对"沉思"的"雕塑"、"春天"对"空旷"的"汇入"、"时间"对"记忆"的风化、与"清凉"一起"渗漏"出的"愿望"，等等；同时，这整一个诗段或许也包含与"记忆"、与时代相关的一种象征意味，由此亦可看出在诗人诗作中，不同层次的感觉与知觉间的交叠与相互指喻。

最后，关于"多重效应特点"，这一特点通常表现为"通过感觉、潜意识、意念，在有序与无序，自觉与不自觉的动态中，将不同层面的智性化经验体验外化'拼贴'成多重结构意象，使意象群落之间形成上下沟通、左右串联、前后呼应的网络"②。如在其诗作《高原》中，诗人写道，"于是，一颗带来厄运的果实无法送还/森林的阴沉低语，枭的纷乱羽毛，战争与殡葬萌芽/贪婪的疾病，像发疯的蝗虫成群降落，黑夜/一个预定的结局，一条从终点出发的道路/石头的眼窝，盛满历史中越埋越深的痛苦/荒废的古城朝世界展示一个

---

① 杨炼：《朝圣》，选自杨炼《杨炼创作总集1978—2015（卷二）——礼魂及其他：中国手稿》，华东师范大学出版社2015年版，第31页。

② 陈仲义：《中国朦胧诗人论》，江苏文艺出版社1996年版，第228页。

寓言/我，接近天空，那用成千重鸟翅擦净悔恨的天空"①。在此处，一方面，"带来厄运"的"果实"、"阴沉低语"的"森林"、羽毛纷乱的"枭"、"战争"、"殡葬"、"疾病"、"蝗虫"等意象，共同营造出一种阴冷、恐怖的氛围，形成一个与之相关的意象结构；而另一方面，"果实""森林"和"枭"等意象，自身还具有一定的生命力，又共同组成另一层面的意象结构；另外，因为拥有翅膀，"枭"又可以与"天空"和"成千重鸟翅"相联系，构成另一种意义指向，而这些意义指向间的相互交叉与联系，或许正是诗作多重效应特点的一种突出表现。

　　而这种对于诗艺的探索、对于语言空间的深入，在北岛的诗作中，也可以从其具有相互支撑作用的象征性意象群之中有所体现，在食指的诗作中，则表现为一种对于和谐音律的不懈追求，在顾城的诗作中，又或许表现为对物我相融的和谐境界的建构。不同"朦胧诗人"对于诗歌艺术性的探索，在不无对西方的借鉴，及彼此间的相似性的同时，也呈现出诗人们各自对于诗性的不同思索与感悟。

　　不过，正如席勒指出的那样，能使平等、自由的理想在其中得以实现，使人性的"一体性"在其中得以恢复的审美王国，实际上只存在于个别卓越出众的人当中，也就是说，真正"一体性"的建立，还是需要天才的力量才得以实现。因此，在诗人的诗歌创作中，除了刻苦的钻研与探索，建立"一体性"更离不开一种突然闪现，并且稍纵即逝的灵感力量，这也导致了诗人的尝试并不总能成功，甚至常常面临挫败，而即使是相对成功的尝试，也多少会带有一点自身所无法控制的问题与缺陷，几乎不可能达到完美，比如因为"度"的把握不当，而造成的诗人对于幻想世界的过度深入，或是由于对语言形式的过度强调，导致的让诗歌变得让人"看不懂"的晦涩性问题，以及象征修辞的过度使用，使诗歌内涵变得过于空泛等问题，在"朦胧诗"中也常常浮现。不过，在诗人们屡败屡战的不断尝试与探

---

　　① 杨炼：《高原》，选自杨炼《杨炼创作总集 1978—2015（卷二）——礼魂及其他：中国手稿》，华东师范大学出版社 2015 年版，第 35－36 页。

索之中,诗歌的意义或许还是会在其中自然显现,因为诗人虽然也是思考者与感悟者,但并不是真正的哲学家,或是所谓的"圣人""智者",因此,相对于指出正确性,诗人的使命或许更在于表现可能性,在于表现出一种与人们心灵密切联系的情感真实,及一种会在不经意间闪现于感觉世界的独特美感。

结　　语

因为"朦胧诗"的创作时期跨越了"文革"之中及之后的两个阶段，也就是说，诗人在前期创作中，由于并没有考虑到能发表的问题，因此，除部分诗歌还包含相互传抄的交流性成分外，很多诗歌主要还是表现诗人自身的压抑与渴望、爱与忧愁，所以，在创作的考量中，也多少与能获得发表机会之后所创作的诗歌有所差异，没有像之后的诗歌一样包含某种策略性，或者说"斗争性"成分。而他们前后期的诗歌之所以还存在着一定的相似性与相关性，或许是因为通过"斗争"来推动时代的改变，其实也是许多诗人内心渴望的一部分，虽然在前期创作中并不一定能看到这种渴望实现的可能，但也并不妨碍其作为一种内心情感的抒发而被书写。齐简在回忆文章中指出，北岛在1973年所创作的《告诉你吧，世界》一诗，"就是后来那首脍炙人口的《回答》的原型"①。关于诗歌的最后部分，北岛在《告诉你吧，世界》中写道，"我憎恶卑鄙，也不稀罕高尚，/疯狂既然不容沉静，我会说：我不想杀人，/请记住：但我有刀柄"；到《回答》时，则将其改动为"如果海洋注定要决堤，/就让所有的苦水都注入我心中，/如果陆地注定要上升，/就让人类重新选择生存的峰顶"，"新的转机和闪闪星斗，/正在缀满没有遮拦的天空，/那是五千年的象形文字，/那是未来人们凝视的眼睛"②。而从这一诗作的修改中，或许也可一窥诗人心境与创作理念的转变。

此外，需要指出的是，无论是"朦胧诗"，还是其背后所站立的

①　齐简：《诗的往事》，选自刘禾编《持灯的使者》，广西师范大学出版社2009年版，第12页。

②　北岛：《回答》，选自北岛《履历：诗选1972～1988》，生活·读书·新知三联书店2015年版，第13页。

"一代人"，与其所经历的"文革"时代之间，其实并不存在真正的断裂，诚然，正如前文篇章中已有所分析的那样，"朦胧诗"中固然有着许多对于过去时代精神的反叛，但与此同时，继承的成分也同样存在。

首先，关于"一代人"的意识，正如前文分析中提及的，在食指于 20 世纪 60 年代末、70 年代初所创作的更具"革命性"的诗歌《我们这一代》中，有着清晰的体现。此外，比如在创作了许多"红色诗歌"的著名诗人李瑛于 1957 年所作的诗歌《给防风林》中，诗人也写道：

> 我要变成一棵树，请给我你的手，
> 让我们列队站立，好好守候；
> 挡住风沙，挡住雨雪，
> 用我们的胸脯、手臂和肩头。
> ………………
> 别笑我们今天还是柔弱的树苗，
> 明天就将变成强悍的驭手，
> 把万匹风暴系在脚下，
> 看人们，笑脸歌声满村头。[①]

在诗中，诗人以"防风林"为抒情对象，并以此喻作"我们"这一代革命青年，通过以自己的身体阻挡"风沙"和"雨雪"，同样表达出一种承担意识，而从"柔弱"到"强悍"，也表现出对于"一代人"成长的信念感。

又比如更早的，著名革命诗人郭小川于 1956 年创作的诗歌《闪耀吧，青春的火光》也有着类似的表述，诗人在诗中写道：

---

① 李瑛：《给防风林》，选自李瑛《李瑛诗选》，四川人民出版社 1981 年版，第 269 – 270 页。

呵，我的同时代的

伙伴们，

青春

属于你

属于我

属于我们每一个人，

让我们

同我们的祖国一起

度过这壮丽的青春。①

在这段诗句中，诗人将"一代人"的青春与"祖国"的青春并置，也表现出"一代人"与时代间的密切联系。

另外，在1976年的"四五运动"所留下的天安门诗歌中，亦同样可找到相似的表达，如其中"继承总理遗志，接革命班，/后一代誓开顶风船！""长江后浪推前浪，/革命自有后来人。/守江山，承行业，/继往开来的/将是我们！我们!!"②等表述，也与其创作者的代际意识不无关联。

其次，在表述方式上，"朦胧诗"与其所反叛的过去时代，亦有着千丝万缕的联系。

比如在重视意象的比喻功能方面，在过去时代的表述中，也时常有所体现。英国汉学家吴芳思在其著作《留学北京——我在二十世纪七十年代中国的经历》中回忆，她1975年在中国留学，在此期间，他们曾看过一段关于一个化肥厂的建立的电影，在电影中，"代表林彪的是一场大风雨，在那场风雨中，他们在拼命斗争"③。由此可见，对于意象的运用，在过去的文艺宣传中也有着一定的表现。

---

① 郭小川：《闪耀吧，青春的火光》，选自郭小川《郭小川诗选》，人民文学出版社1977年版，第41-42页。

② 童怀周编：《天安门诗抄》，人民文学出版社1978年版，第271、304页。

③ ［英］吴芳思：《留学北京——我在二十世纪七十年代中国的经历》，王侃译，张丽润文，广西师范大学出版社2015年版，第149页。

而在诗歌表达中，对意象的运用更是颇为常见。如阮章竞在1961 年创作的诗作《金星槲树》中，为颂扬"毛泽东同志的丰功伟绩，缔造人民事业的艰辛，事事以身作则的光辉榜样"而写道：

> 水深火热的年和月，
> 汗水洒透千层峦；
> 日蒸月化满山雾，
> 化成甘霖降人间。
>
> 山上白云云上山，
> 槲树青青立崖畔；
> 忽见一团小金星，
> 奇光闪闪树苔间。
>
> 忽放霞光忽闪金，
> 忽放蓝光忽闪银，
> 感谢天心知地心，
> 为伟大的历史授功勋！①

这几节诗塑造出山峦、雾气、甘霖、金星等意象，诗人通过对这些意象所形成的一种自然场景的描绘，表达出对于伟人功勋的怀想与赞颂。虽然诗中这种民歌式的表述看起来与"朦胧诗"有着非常巨大的差异，但在通过意象与场景的营造来生成比喻功能这一方面，二者其实也有一定的一致性。

另外，又比如在抒情的极致性上，"朦胧诗"与在其之前的诗歌创作也不无相似。王家平在其对"文革"期间诗歌的研究中指出，"在文革红卫兵诗歌中，'最'字以极高的频率出现，显示了'计量'

---

① 阮章竞：《金星槲树》，选自延安大学中文系编《红太阳颂》，人民文学出版社1977 年版，第 75 页。

意象的极端化倾向","在文革庆典上，除了'最'字以外，一般的计量副词根本不足以用来传达人们此时极度亢奋的心情；一般缺乏感情色彩的形容词也难以描绘人们此刻情感的激越状态，那些能直接刺激感官的计量形容词出现了，它们再现了狂欢者那种'咬牙切齿'式的情绪张力状态"[1]。而在"朦胧诗"作品中，虽然"最"字的出现频率并不高，但"所有""一切""永远"等表述，或许并不少见。比如北岛《回答》一诗便写道，"如果海洋注定要决堤，/就让所有的苦水都注入我心中"，在他的另一诗作《一切》中，也有"一切都是命运/一切都是烟云"等一系列表达；又比如在舒婷的诗作《馈赠》中，诗人也写道，"写一行饱满的诗/深入所有心灵/进入所有年代"；而顾城也在其诗作《我是一个任性的孩子》中写道，"我想在大地上/画满窗子/让所有习惯黑暗的眼睛/都习惯光明"。

除此之外，在英雄主义意识、对一些固定语式的使用等方面，"朦胧诗"也在表达方式上表现出对其过去时代的一定继承性。由此或许可看出，"朦胧诗"其实并非天马行空之物，而是一种时代发展与变化的产物，是深深植根于时代的土壤之中的。同时，过去时代在其身上的印迹，其实也是"一代人"心灵中的一个重要组成，是不可抹除，也不应无视的。

而与此相似，"第三代"诗歌对"朦胧诗"的反叛，也同样建立在对"朦胧诗"的继承之上，同时，许多"朦胧诗人"在其"朦胧诗"创作时期之后，作品风格也发生了各种不同的改变，这种改变或许源自"一代人"将其激情抒发到一定程度之后，在情感上的一种降温，以及在时代发展与社会秩序渐趋平稳之后，对于日常生活的一种复归。1987年，中共十三大报告系统地阐述了社会主义初级阶段的理论和党在社会主义初级阶段的基本路线，即"领导和团结全国各族人民，以经济建设为中心，坚持四项基本原则，坚持改革开放，自力更生，艰苦奋斗，为把我国建设成为富强、民主、文明的社会主义现代化国家而奋斗"。在这一历史阶段，随着经济建设的不断

---

[1]　王家平：《文化大革命时期诗歌研究》，河南大学出版社2004年版，第130页。

推进，以及"朦胧诗"热潮的逐渐退去，诗人所立足的时代精神及所处的创作环境，也发生了很大的变化。正如诗人欧阳江河在描述20世纪80年代末国内诗歌写作现状时指出，对于这一代诗歌创作者而言，"在我们已经写出和正在写的作品之间产生了一种深刻的中断"，"诗歌写作的某个阶段已大致结束了"，时代的变化"在人们心灵上唤起了一种绝对的寂静和浑然无告，对此，任何来自写作的抵消都显得无足轻重，难以构成真正的对抗"，尤其在诗歌写作方面，"继《今天》后从事写作的诗人普遍存在'影响的焦虑'，不大可能重复《今天》的对抗主题"，同时，"原有的对抗诗歌读者群已不复存在"，因此，"不存在对于对抗诗歌的阅读期待，最多只存在对有助于集体遗忘的消费性纪实文学的需要"；此外，对于诗人自身而言，"抗议作为一个诗歌主题，其可能性已经被耗尽了，因为它无法保留人的命运的成分和真正持久的诗意成分，它是写作中的意识形态幻觉的直接产物，它的读者不是个人而是群众"，"然而，为群众写作的时代已经过去了"①。也就是说，在一定程度上，对于处在这一历史阶段的诗人而言，一度作为诗歌写作鲜明特征的旧有的"抗争"意义已然被消解，诗人的抗争不再具有明确指向，反抗对象不再是某种旧有的思维范式，而是其所立足的当下甚至未来的诗歌边缘化的现状，是诗意的逐渐流逝，这一代诗人所要对抗的，并非压制，而是虚无，因此，由此而生的种种空虚感与挫败感也就不难想见。面对这一写作困境，甚至精神困境，一部分诗人的选择是，相对于寻找新的价值神话的庇护，更倾向于寻找"由变化带来的阶段性活力"，"将诗歌写作限制为具体的、个人的、本土的"，活力的主要来源是"扩大了的词汇（扩大到非诗性质的词汇）"，及作为诗意的反面的世俗生活②；同时，也存在一部分诗人，选择在诗意的语言中寻求更多的可能性，希以"从日常语言的统治中恢复语言的创造力，拯救出语言

---

①　欧阳江河：《1989 年后国内诗歌写作的本土气质、中年特征与知识分子身份》，选自王晓明主编《二十世纪中国文学史论》（下卷），东方出版中心 2003 年版，第 411－412 页。

②　欧阳江河：《1989 年后国内诗歌写作的本土气质、中年特征与知识分子身份》，选自王晓明主编《二十世纪中国文学史论》（下卷），东方出版中心 2003 年版，第 411－412 页。

本身，即在语言的应用中恢复其美学与道德的责任"①。

    诗人们并未放弃诗歌创作与诗艺探索。比如，作为在这一时期开始创作的诗人，戈麦在其自传性质的文章中回忆，"直到1987年，应当说是生活自身的激流强大地把我推向了创作，当我已经具备权衡一些彼此并列的道路的能力的时候，我认识到：不去写诗可能是一种损失"②。时至今日，我们或许已无从考证，诗人开始创作的具体原因究竟是什么，不过，由此可以得知的是，对于诗人而言，进行诗歌创作并非一时兴起，而是经过深思熟虑之后的结果，其对待诗歌创作的严肃态度与强烈的使命感，亦可见一斑。戈麦对于诗歌意义的期许，正如诗人自己所论述的，"诗歌应当是语言的利斧，它能够剖开心灵的冰河"，"在词与词的交汇、融合、分解、对抗的创造中，一定会显现出犀利夺目的语言之光照亮人的生存"③。然而，理想与现实间的差异亦时时带来强烈的失落，诗人同时感到，"诗歌同样以一个人获得自由的方式损耗着人的生活"，"我不断地怀疑着一种对待艺术的真诚，当我于在烟雾中谈话的朋友和镜子中的自我的脸上同时看到一种真诚的尴尬时，我想寻找同路者的徒劳和现实氛围的铁板同时足以促使我走向诗歌艺术的反面了"④。戈麦在1990年曾与西渡共办一个诗歌刊物，他将刊物名字拟为"厌世者"，由此也可一窥诗人当时心境。然而，真正的厌世者应当是逃避世界的，但从诗人的一系列积极的创作实践可以看出，诗人所指的"厌世"，其实更倾向于一种求而不得的挫败感，因此，要想从这种挫败感中获取救赎，除放弃对诗意的追求，成为真正的"厌世者"之外，孜孜不倦的诗艺探索似乎成为诗人可以选择的唯一途径。诗人同时还有一首以《厌世者》为

---

    ① 西渡：《拯救的诗歌与诗歌的拯救——戈麦论》，选自西渡编《戈麦诗全编》，上海三联书店1999年版，第455页。

    ② 戈麦：《〈核心〉序》，选自西渡编《戈麦诗全编》，上海三联书店1999年版，第420页。

    ③ 戈麦：《关于诗歌》，选自西渡编《戈麦诗全编》，上海三联书店1999年版，第426页。

    ④ 戈麦：《〈核心〉序》，选自西渡编《戈麦诗全编》，上海三联书店1999年版，第421页。

题的诗——"两面三刀的使者/多血管的人/窥破窗纸梦见黎明的人/
骑着一辆野牛似的卡车/向后疾速奔驰的人/结实的人/不怀好意的人/
高举着胜歌在洪水中奔走的人/在世界这面巨大的镜子后面/发现奇迹
的人/一个看见了自己所钟爱的女人松垮的阴部的人"①，诗中表现出
的，也是这样一种美好愿景破灭的失落感，而其中，"向后疾速奔
驰""在洪水中奔走"同时也体现出一种逆流而行、追寻逐渐稀薄的
诗意的使命意识。虽然戈麦的诗歌创作只持续了短短 5 年，1991 年，
诗人因为种种原因，最终自沉于京郊万泉河，但诗人所创作的兼具情
感与智性的诗作，以及诗人在新诗创作方面进行的种种探索，对于
20 世纪新诗创作的发展而言，仍有着不可否定的独特价值。

　　而这样一种变化，或许也是"一代人"精神发展的一种自然表
现，也都是诗人们在当时当地的一种真切的体验与感受，以及对这种
感觉的真诚的表达。

　　另外，虽然在"朦胧诗"的创作实践中也存在着许多缺陷，在
努力摆脱整体性话语控制的同时，或许也生成了新的话语遮蔽，对于
某些意象与比喻的重复使用，也难以避免地会使读者感到审美疲劳，
但正如前文中所提到的，相对于指出正确性，诗人更多是提供可能
性，这种在"不谐和性"中寻求"一体性"的探索，或许也正是在
不断的受挫中，才突显出其意义。在这一层面上，这种尝试或许也正
是对"一代人"充满探索气质的精神特质的一种体现。

　　从某种角度来说，"朦胧诗人"们有一种堂吉诃德式的斗争精
神，就像顾城在形容自己时曾谈到的，"老向着一个莫名其妙的地方
高喊前进"，他们与"历史"斗争、与主流话语斗争，乃至与自身斗
争，在轰轰烈烈的斗争之后，又眼看着其斗争的意义逐渐被消解，被
遗忘，而他们的心上人"杜尔西内亚"，或许只是存在于幻想世界中
的一种乌托邦式理想，虽然可以将其寄托在现实中的某些具体目标
上，却终究不能与现实存在画上等号。随着"新生代诗"的崛起，
"朦胧诗"时代的结束也是时代发展使然，但这并不意味着"朦胧

---

　　① 戈麦：《戈麦的诗》，人民文学出版社 2012 年版，第 135 页。

诗"价值的结束，或许，这种堂吉诃德式的精神，正是直至大浪淘沙的今天，"朦胧诗"仍自有其魅力——不是作为一个历史名词，而是作为诗歌本身——仍未被人们所忘记的重要原因所在。同时，由于"朦胧诗"表现出在统一的价值体系被瓦解之后，"一代人"对共同意义的寻求，及其内部彼此之间不同价值理念的冲突，而在当今日趋多元化的社会中，各种不同的"自由"、不同的价值理念之间的隔阂甚至冲突，产生了越来越多的问题，且这些问题也变得越来越复杂，因此，对"朦胧诗"中个体与时代关系的研究，或许也能给当代诗歌创作及发展带来一定的思考与启示。

    "朦胧诗人"们，及至各个时代的诗歌创作者们，其创作与探索的重要价值，或许也正如诗人海子在其诗作《以梦为马》中所道出的，"我必将失败/但诗歌本身以太阳必将胜利"。以此作结。

参考文献

一、诗集

（一）国内诗集

[1] 北岛，江河，舒婷，等.五人诗选［M］.北京：作家出版社，1986.

[2] 北岛.履历：诗选 1972～1988［M］.北京：生活·读书·新知三联书店，2015.

[3] 陈思和，李平.当代文学 100 篇：上［M］.上海：学林出版社，1999.

[4] 多多.里程［M］.香港：今天文学社，1989.

[5] 多多.诺言：多多集 1972～2012［M］.北京：作家出版社，2013.

[6] 顾城.顾城诗全集［M］.南京：江苏文艺出版社，2010.

[7] 郭小川.郭小川诗选［M］.北京：人民文学出版社，1977.

[8] 江河.从这里开始［M］.广州：花城出版社，1986.

[9] 江河.太阳和他的反光［M］.北京：人民文学出版社，1987.

[10] 李润霞.中国新诗百年大典：第十一卷［M］.武汉：长江文艺出版社，2013.

[11] 李瑛.李瑛诗选［M］.成都：四川人民出版社，1981.

[12] 芒克.芒克诗选［M］.南京：江苏文艺出版社，2015.

[13] 食指.食指的诗［M］.北京：人民文学出版社，2009.

[14] 舒婷.舒婷的诗［M］.北京：人民文学出版社，1994.

［15］ 童怀周.天安门诗抄［M］.北京：人民文学出版社，1978.

［16］ 延安大学中文系.红太阳颂［M］.北京：人民文学出版社，1977.

［17］ 阎月君，高岩，梁云，等.朦胧诗选［M］.内部发行，1982.

［18］ 阎月君，高岩，梁云，等.朦胧诗选［M］.沈阳：春风文艺出版社，1985.

［19］ 杨炼.杨炼创作总集1978—2015（卷二）——礼魂及其他：中国手稿［M］.上海：华东师范大学出版社，2015.

［20］ 杨炼.杨炼创作总集1978—2015（卷一）——海边的孩子：早期诗及编外诗［M］.上海：华东师范大学出版社，2015.

（二）国外诗集

［1］ 泰戈尔.新月集；飞鸟集［M］.郑振铎，译.长沙：湖南人民出版社，1981.

二、研究类著作及其他

（一）国内著作

［1］ 北岛，李陀.七十年代［M］.北京：生活·读书·新知三联书店，2009.

［2］ 北岛.鱼乐：忆顾城［M］.北京：中信出版社，2015.

［3］ 陈仲义.中国朦胧诗人论［M］.南京：江苏文艺出版社，1996.

［4］ 程光炜.文学的今天和过去［M］.长春：吉林出版集团有限责任公司，2009.

［5］ 耿占春.失去象征的世界：诗歌、经验与修辞［M］.北京：北京大学出版社，2008.

［6］ 顾城.顾城文选·卷一：别有天地［M］.哈尔滨：北方文艺出版社，2005.

［7］ 洪子诚，刘登翰.中国当代新诗史［M］.北京：北京大学出版

社，2010.

［8］江汉大学现当代诗歌研究中心.群峰之上："现当代诗学研究"专题论集［M］.武汉：长江文艺出版社，2011.

［9］江汉大学现当代诗学研究中心，《江汉学术》编辑部.群岛之辨："现当代诗学研究"专题论集［M］.武汉：长江文艺出版社，2014.

［10］老木.青年诗人谈诗［M］.北京：北京大学五四文学社，1985.

［11］廖亦武.沉沦的圣殿：中国20世纪70年代地下诗歌遗照［M］.新疆乌鲁木齐：新疆青少年出版社，1999.

［12］林建法.诗人讲坛［M］.沈阳：辽宁人民出版社，2014.

［13］林贤治.中国新诗五十年［M］.桂林：漓江出版社，2011.

［14］刘春.一个人的诗歌史：第一部修订本［M］.桂林：广西师范大学出版社，2010.

［15］刘禾.持灯的使者［M］.桂林：广西师范大学出版社，2009.

［16］刘小枫.沉重的肉身［M］.北京：华夏出版社，2015.

［17］马国川.我与八十年代［M］.北京：生活·读书·新知三联书店，2011.

［18］芒克.瞧！这些人［M］.长春：时代文艺出版社，2003.

［19］钱理群.鲁迅杂文选［M］.武汉：长江文艺出版社，2005.

［20］王家平.文化大革命时期诗歌研究［M］.开封：河南大学出版社，2004.

［21］吴晓东.二十世纪的诗心：中国新诗论集［M］.北京：北京大学出版社，2010.

［22］西渡.名家读新诗［M］.北京：中国计划出版社，2005.

［23］谢冕，姜涛，孙玉石，等.百年中国新诗史略：《中国新诗总系》导言集［M］.北京：北京大学出版社，2010.

［24］徐中约.中国近代史［M］.计秋枫，郑会欣，译.香港：中文大学出版社，2001.

［25］许慎.说文解字：校订本［M］.南京：凤凰出版社，2004.

［26］姚家华.朦胧诗论争集［M］.北京：学苑出版社，1989.

［27］遇罗克.出身论［M］.毛泽东思想红宣兵"烈火"战斗团印，毛泽东思想红宣兵"红印"战斗团翻印，井冈山"八二三"红卫兵神愁鬼怕游击队再翻印，1967.

［28］朱光潜.朱光潜全集：第八卷［M］.合肥：安徽教育出版社，1993.

（二）国外著作

［1］胡戈·弗里德里希.现代诗歌的结构：19 世纪中期至 20 世纪中期的抒情诗［M］.李双志，译.南京：译林出版社，2010.

［2］弗里德里希·席勒.审美教育书简［M］.冯至，范大灿，译.上海：上海人民出版社，2003.

［3］雷蒙·阿隆.知识分子的鸦片［M］.吕一民，顾杭，译.南京：译林出版社，2005.

［4］让·保罗·萨特.存在与虚无［M］.陈宣良，等，译.安徽：安徽文艺出版社，1998.

［5］亚里士多德.诗学［M］.罗念生，译.北京：人民文学出版社，1962.

［6］R. 麦克法夸尔，费正清.剑桥中华人民共和国史：中国革命内部的革命（1966—1982）［M］.俞金尧，时和兴，鄢盛明，等，译.北京：中国社会科学出版社，1992.

［7］丹尼尔·贝尔.资本主义文化矛盾［M］.严蓓雯，译.南京：江苏人民出版社，2012.

［8］卡尔·格式塔夫·荣格.荣格文集［M］.冯川，译.北京：改革出版社，1997.

［9］威廉·燕卜荪.朦胧的七种类型［M］.周邦宪，等，译.杭州：中国美术学院出版社，1996.

［10］吴芳思.留学北京：我在二十世纪七十年代中国的经历［M］.王侃，译.张丽，润文.桂林：广西师范大学出版社，2015.

［11］以赛亚·伯林.自由论［M］.胡传胜，译.南京：译林出版社，2011.

[12] 哈罗德·布鲁姆.诗人与诗歌［M］.张屏瑾,译.南京:译林出版社,2019.

[13] 艾·阿·瑞恰兹.文学批评原理［M］.杨自伍,译.南昌:百花洲文艺出版社,1992.

[14] 福原泰平.拉康:镜像阶段［M］.王小峰,李濯凡,译.石家庄:河北教育出版社,2001.

三、论文

(一) 期刊文章

[1] 北岛.无题［J］.今天:诗歌专辑,1980(2).

[2] 北岛.致读者［J］.今天:创刊号,1978(1).

[3] 北岛.小木房里的歌:献给珊珊二十岁生日［J］.今天:诗歌专刊,1979(3).

[4] 陈爱中,王智.因袭的文本:朦胧诗的诗学选择［J］.黑龙江社会科学,2013(3).

[5] 陈爱中.朦胧诗:一个需要继续重述的诗学概念［J］.当代作家评论,2012(2).

[6] 陈小眉,冯雪峰.被"误读"的西方现代主义:论朦胧诗运动［J］.华文文学,2012(1).

[7] 陈学祖."朦胧诗"派的心理诗学观念与中外诗学传统［J］.文艺理论研究,2002(5).

[8] 陈学祖.审美张力的叩求:从诗学视角看"朦胧诗"的意义向度［J］.内蒙古社会科学(汉文版),2001(5).

[9] 程代熙.评《新的美学原则在崛起》:与孙绍振同志商榷［J］.诗刊,1981(4).

[10] 程光炜.我们是如何"革命"的?——文学阅读对一代人精神成长的影响［J］.南方文坛,2000(6).

[11] 丛鑫."朦胧诗"的情感内涵及其文化心理新论［J］.燕山大学

学报（哲学社会科学版），2010（2）.

[12] 董迎春，伍东坡. 论"朦胧诗"的"命名"与"情节编织"[J]. 名作欣赏，2013（11）.

[13] 杜和平. 论朦胧诗启蒙的形而上意义 [J]. 毕节学院学报，2012（12）.

[14] 方含. 人民 [J]. 今天：诗歌专刊，1979（3）.

[15] 方守金. 论朦胧诗的终结 [J]. 安徽大学学报，2000（2）.

[16] 傅元峰. 孱弱的抒情者：对"朦胧诗"抒情骨架与肌质的考察 [J]. 文艺争鸣，2013（2）.

[17] 高天成. 大雁塔文化原型的古今阐释：几组大雁塔诗歌的文本比较 [J]. 唐都学刊，2004（3）.

[18] 谷鹏，徐国源. "朦胧诗"：矛盾重重的文学史叙述——兼论当代诗歌流派的解读方式 [J]. 江苏社会科学，2010（1）.

[19] 顾工. 两代人：从诗的"不懂"谈起 [J]. 诗刊，1980（10）.

[20] 何同彬. 晦涩：如何成为"障眼法"？——从"朦胧诗论争"谈起 [J]. 文艺争鸣，2013（2）.

[21] 洪虹. 朦胧诗中的"二元中国" [J]. 名作欣赏，2012（8）.

[22] 胡友峰，李修.《诗刊》与朦胧诗的兴衰 [J]. 当代文坛，2014（4）.

[23] 黄健. 朦胧诗的先锋意识及其思想局限 [J]. 名作欣赏，2007（18）.

[24] 黄修齐. 意象：跨世纪跨文化的发展变化：唐诗、意象派、朦胧诗比较 [J]. 中国比较文学，1997（1）.

[25] 黄雪敏. 新诗史写作：可能与限度 [J]. 江汉大学学报（人文科学版），2006（2）.

[26] 蒋登科，李胜勇. 对"朦胧诗论争"中艾青立场的重新审视 [J]. 重庆大学学报（社会科学版），2015（1）.

[27] 晋海学. 论中国当代文学史上的"朦胧诗"论争 [J]. 贵州大学学报（社会科学版），2008（5）.

[28] 柯岩. 关于诗的对话：在西南师范学院的讲话 [J]. 诗刊，1983

（12）.

［29］李超.朦胧诗的追寻主题及现时意义［J］.文学教育（上），2015（4）.

［30］李健，姚坤明.朦胧诗中现代主义因素影响研究［J］.大庆师范学院学报，2014（4）.

［31］李润霞.当代诗歌编选中的问题与方法：关于《朦胧诗新编》的讨论综述［J］.南方文坛，2005（2）.

［32］李润霞.一个刊物与一场诗歌运动：论朦胧诗潮中的民刊《今天》［J］.贵州社会科学，2006（4）.

［33］李幼奇.朦胧诗的意象化语体及其诗学价值［J］.中国文学研究，2004（2）.

［34］梁艳.朦胧诗、新诗潮与"今天派"：一段文学史的三种叙述［J］.华东师范大学学报（哲学社会科学版），2011（1）.

［35］林平.论朦胧诗"自我表现"的历史合法性及意义［J］.社科纵横，2009（2）.

［36］林英魁，陈俊余.朦胧诗语言偏离研究［J］.现代语文（语言研究版），2015（10）.

［37］凌越，多多.被动者得其词［J］.当代作家评论，2011（3）.

［38］刘嘉.伦理的"阴影"：对朦胧诗的一点再反思［J］.扬子江评论，2015（3）.

［39］卢铁澎.历史观念与朦胧诗潮［J］.首都师范大学学报（社会科学版），2008（2）.

［40］罗振亚，李宝泰.朦胧诗的争鸣与价值重估［J］.北方论丛，1996（2）.

［41］罗振亚.心灵与历史的同构：朦胧诗派的心理机制［J］.南京政治学院学报，2002（5）.

［42］聂茂.朦胧诗的文化传承与精神反叛［J］.中南大学学报（社会科学版），2016（1）.

［43］邱景华.蔡其矫与朦胧诗［J］.诗探索，2005（1）.

［44］石天河.重评《诺日朗》［J］.当代文坛，1984（9）.

［45］石兴泽.冷峻的格调与张扬的个性：关于朦胧诗的浪漫主义解读 ［J］.学习与探索，2007 （4）.

［46］史文.评《伤痕》的社会意义 ［J］.今天，1979 （4）.

［47］司真真.朦胧诗论争中的小插曲与大智慧：论艾青与朦胧诗论争 ［J］.理论月刊，2013 （4）.

［48］隋晓村.现代朦胧诗的艺术表现力 ［J］.剑南文学（经典教苑），2011 （2）.

［49］孙基林.朦胧诗与现代性 ［J］.文史哲，2002 （6）.

［50］孙基林.想象与记忆：新时期朦胧诗中的历史书写 ［J］.文史哲，2008 （1）.

［51］孙绍振.恢复新诗根本的艺术传统：舒婷的创作给我们的启示 ［J］.福建文艺，1980 （4）.

［52］孙绍振.新的美学原则在崛起 ［J］.诗刊，1981 （3）.

［53］谈凤霞.朦胧诗中的"孩子" ［J］.南京师范大学文学院学报，2000 （3）.

［54］田晓青.虚构 ［J］.今天，1980 （9）.

［55］万水，包妍.作为策略的"现代主义"：对 1980 年代诗歌"崛起派"话语的重审与反思 ［J］.辽宁师范大学学报（社会科学版），2016 （3）.

［56］王爱松.朦胧诗及其论争的反思 ［J］.文学评论，2006 （1）.

［57］王干.反思：理性与非理性共生——论朦胧诗的哲学背景 ［J］.文艺理论研究，1994 （3）.

［58］王干.时空的切合：意象的蒙太奇与瞬间隐寓——论朦胧诗的内在构造 ［J］.文学评论，1988 （6）.

［59］王光明.论"朦胧诗"与北岛、多多等人的诗 ［J］.江汉大学学报（人文科学版），2006 （3）.

［60］王丽，蒋登科.朦胧诗意象的呈现与意境的缺失 ［J］.三峡大学学报（人文社会科学版），2007 （3）.

［61］王学东.朦胧诗：中国现代诗歌的新传统 ［J］.南方文坛，2010 （3）.

［62］王亚斌.民刊《今天》的"传播空间"的文学社会学分析
　　　［J］.齐齐哈尔大学学报（哲学社会科学版），2013（2）.

［63］吴晓，尚斌.历史废墟上升起的圣像：论朦胧诗对中国形象的
　　　书写［J］.北方论丛，2011（4）.

［64］肖礼荣.中国当代诗歌言、象、意探问（二）：论朦胧诗［J］.
　　　康定学刊，1996（1）.

［65］谢冕.断裂与倾斜：蜕变期的投影——论新诗潮［J］.文学评
　　　论，1985（5）.

［66］谢冕.论新诗潮［J］.中山大学学报（社会科学版），2002
　　　（5）.

［67］谢冕.失去了平静以后［J］.诗刊，1980（12）.

［68］谢冕.在新的崛起面前［N］.光明日报，1980－05－07.

［69］徐国源.从"地下"到"地上"：传播视野中的朦胧诗［J］.江
　　　苏社会科学，2007（2）.

［70］徐国源.论朦胧诗的批判主题及启蒙价值［J］.苏州大学学报
　　　（哲学社会科学版），2010（3）.

［71］徐国源.论朦胧诗对中国现代诗的贡献［J］.文艺争鸣，2009
　　　（1）.

［72］徐国源.朦胧诗的"传统"继承与新诗危机［J］.文艺理论研
　　　究，2016（3）.

［73］徐国源.批判"失语"与"朦胧"指征：中国朦胧诗派新论
　　　［J］.当代作家评论，2005（1）.

［74］徐国源.现代诗魂的重塑：论朦胧诗的诗性寻求与艺术建构
　　　［J］.江苏社会科学，2005（2）.

［75］徐敬亚.崛起的诗群：评我国诗歌的现代倾向［J］.当代文艺思
　　　潮，1983（1）.

［76］徐敬亚.奇异的光：《今天》诗歌读痕［J］.今天，1980（3）.

［77］许永宁.文学史书写视域下的朦胧诗经：以洪子诚四本文学史
　　　著作为中心［J］.长沙理工大学学报（社会科学版），2015
　　　（6）.

［78］亚思明."朦胧诗"：历史的伪概念［J］.学术月刊，2013（9）.

［79］严军.论作为一种传统与背景的朦胧诗［J］.学海，2002（6）.

［80］叶蓉.论《圣经》对文革后几位朦胧诗人的影响［J］.浙江大学学报（人文社会科学版），2004（2）.

［81］易彬.论"朦胧诗"发生的历史据点：以精神状况与写作训练两层面为中心的考察［J］.当代文坛，2008（5）.

［82］于海丹.浅析朦胧诗的传统审美艺术特征［J］.中国高新技术企业，2007（11）.

［83］余旸."朦胧诗"论争："中国式"现代主义诗歌的艰难叙述［J］.扬子江评论，2009（6）.

［84］张凯成.论朦胧诗"涌流期"表意系统的局限性：以诗歌想象力和语言分析为中心［J］.江汉学术，2016（2）.

［85］张清华.朦胧诗重新认知的必要和理由［J］.当代文坛，2008（5）.

［86］张文俭."墙"：朦胧诗人的宠儿——关于朦胧诗中的"墙"意象［J］.安徽文学，2012（7）.

［87］张晓霞，刘海燕.新诗潮：五四文学革命的链接：浅论朦胧诗的启蒙意识［J］.广西教育学院学报，2006（5）.

［88］张志国.中国新诗传统与朦胧诗的起源［J］.中国现代文学研究丛刊，2007（5）.

［89］章明.令人气闷的"朦胧"［J］.诗刊，1980（8）.

［90］赵金钟.咀嚼与清理：再论"朦胧诗"兼及新诗的读法与作法［J］.河南师范大学学报（哲学社会科学版），2003（2）.

［91］赵敬鹏.论朦胧诗的"朦胧性"及其语言策略［J］.河北民族师范学院学报，2016（2）.

［92］郑春.试论朦胧诗的寻找主题［J］.东岳论丛，1997（4）.

［93］郑加菊，粘招凤.朦胧诗命名的意义及其限度［J］.湖南人文科技学院学报，2010（6）.

（二）学位论文

［1］陈昶.寻找民间：《今天》知识分子研究（1978—2012）［D］.武汉：武汉大学，2013.

［2］陈迪文.诗与史的紧张：论"朦胧诗"意义的生成与消解［D］.武汉：武汉大学，2004.

［3］陈唯.朦胧诗的经典化历程研究［D］.武汉：华中师范大学，2012.

［4］陈熙.朦胧诗死亡意象研究［D］.武汉：湖北大学，2014.

［5］丛鑫."公共痛苦"的不同抒写［D］.重庆：西南师范大学，2003.

［6］崔月萍.从"文革"中走出来的《今天》诗歌［D］.北京：首都师范大学，2009.

［7］郭爱婷.论朦胧诗的太阳反题现象［D］.北京：中央民族大学，2010.

［8］侯永杰.论朦胧诗的意象［D］.济南：山东师范大学，2008.

［9］李忍."朦胧诗论争"中的代际裂痕问题研究［D］.湘潭：湖南科技大学，2011.

［10］李自然.新批评理论视域中的朦胧诗研究［D］.桂林：广西师范大学，2010.

［11］梁艳.《今天》（1978—1980年）研究［D］.上海：华东师范大学，2010.

［12］刘乐菲.朦胧诗案研究［D］.南京：南京大学，2013.

［13］罗斌.论朦胧诗论争主体间的相互关系［D］.福州：福建师范大学，2012.

［14］宁蒙.开启与回归：五四新诗与朦胧诗的启蒙之路［D］.哈尔滨：黑龙江大学，2016.

［15］秦艳贞.朦胧诗与西方现代主义诗歌比较研究［D］.苏州：苏州大学，2004.

［16］王晨.论朦胧诗中的暴力美学研究（1968—1986）［D］.济南：

山东师范大学, 2015.

[17] 王娟.遭遇历史: 论朦胧诗的现代性追求 [D].南京: 南京师范大学, 2003.

[18] 王维.朦胧诗语言研究 [D].武汉: 华中师范大学, 2006.

[19] 王郑敏.论朦胧诗的精神主题 [D].重庆: 西南大学, 2007.

[20] 韦玉伟."朦胧诗" 诗体形式考察 [D].桂林: 广西师范大学, 2013.

[21] 卫梅娟."朦胧诗" 现象再研究 [D].福州: 福建师范大学, 2010.

[22] 伍建平.论新时期现代主义文学背景下的朦胧诗潮 [D].乌鲁木齐: 新疆大学, 2004.

[23] 张琳琳.放逐与崛起: 论《今天》与朦胧诗关系 [D].哈尔滨: 黑龙江大学, 2014.

[24] 张志国.《今天》与朦胧诗的发生 [D].广州: 暨南大学, 2009.

[25] 赵丹.《福建文艺》"关于新诗创作问题的讨论" (1980.2—1981.11) 研究 [D].成都: 四川师范大学, 2014.

[26] 赵喆熊."今天派" 研究 [D].上海: 华东师范大学, 2013.

[27] 黄汉平.拉康与后现代文化批评 [D].广州: 暨南大学, 2004.